Sonja Bullen

1000 Gefühle

Herzklopfen beim Schüleraustausch

Sonja Bullen fühlt sich seit frühester Kindheit zu Büchern hingezogen, findet in ihnen Entspannung, Trost und gute Laune. Nun ist sie selbst Autorin, hat bisher diverse Mädchenbücher verfasst und freut sich jeden Tag darüber. Sie wohnt mit ihrem Mann, ihren beiden Kindern und einer treuen Labradorhündin in der Nähe von Bremen.

Sonja Bullen

1000 Gefühle
Herzklopfen beim Schüleraustausch

Mit Illustrationen von Carolin Liepins

Ravensburger Buchverlag

Als Ravensburger Taschenbuch
Band 52557
erschienen 2016

1 2 3 4 5   E D C B A

Originalausgabe
© 2016 Ravensburger Buchverlag Otto Maier GmbH
Illustrationen: Carolin Liepins
Umschlaggestaltung: Maria Seidel, atelier-seidel.de
unter Verwendung von Motiven von © Hi-jang/Thinkstockphoto;
© Annykos/Thinkstockphoto; © nnnnae/Thinkstockphoto
sowie Illustrationen von Carolin Liepins

Alle Rechte dieser Ausgabe vorbehalten durch
Ravensburger Buchverlag Otto Maier GmbH
Postfach 18 60, D-88188 Ravensburg

Printed in Germany
ISBN 978-3-473-52557-7
www.ravensburger.de

Inhalt

Unverhofft kommt oft 7
Lügen mit Folgen 20
Peinlich, peinlich … 36
Girls just wanna have fun 48
Eine Party mit Hindernissen 56
Peinlichkeiten ohne Ende 72
Gar nicht so leicht 82
Wie im Film 96
Überraschung auf der Tanzfläche 110
Wie Brausebonbons, nur besser 118
Hübsch, schlau und ein bisschen crazy 128
Tanzen bis zum Umfallen 138
Schlechtes Gewissen 141
Happy End auf der Tanzfläche 145
Lügen und Luftküsse 148

Psychotest 157

Unverhofft kommt oft

„Da kann man ja kaum was erkennen! Sieht aus wie die verblichenen Uralt-Fotos meiner Oma."
Lena ließ enttäuscht das ausgedruckte Foto sinken. „Ich weiß, vielleicht war der Drucker kaputt. Aber der Brief klingt echt nett. Hier, guck mal."
Sophias Augen flogen über den Steckbrief von Lenas Austauschschülerin Riley, die in nur zwei Wochen nach Deutschland kommen sollte. „Wow, Gleitschirmfliegen? Da kann ich nicht mithalten." Sie reichte Lena den Brief ihrer zukünftigen Gastschwester Lynn, gab ihr aber überhaupt keine Zeit, erst einmal selbst zu lesen. „Lynns Steckbrief ist total langweilig. Wir haben gar nichts gemeinsam. Line Dance? Rumgehüpfe zu Countrymusik? Das ist doch nicht ihr Ernst, oder?"
Lena stieß ihrer Freundin sanft in die Seite. „Was ist denn an Tanzen falsch? Bescheuert ist ja wohl eher, dass uns Frau Ger-

land gezwungen hat, diese albernen Steckbriefe zu schreiben und sie dann auch noch mit der *Post* zu schicken. Aber hier unten ist Rileys E-Mail-Adresse." Sie tippte auf das Blatt. „Ich bin so aufgeregt! Der Austausch wird genial. Und Riley weiß bestimmt, was in England gerade angesagt ist. Vielleicht gibt sie uns ja ein paar Beautytipps."

REGEN WETTER LAUNE

„Naja, mal abwarten", antwortete Sophia mit ernster Miene. Als Lena mit einem Auge schielte und ihr somit den AGB zuwarf, musste sie dann aber doch grinsen. Der AGB war der „Anti-Grinch-Blick". Diesen Blick hatten die Freundinnen vor langer Zeit vereinbart für den Fall, dass Sophia sich mal wieder wie sieben Tage Regenwetter benahm und daran erinnert werden musste, dass sie einem damit echt die Laune verhageln konnte.

Am Abend bastelte Lena an der E-Mail für Riley, bis sie voll und ganz zufrieden war und auf *Senden* klickte:

```
Dear Riley,
danke für deinen Brief! Ich hoffe, meiner ist
mittlerweile auch angekommen. Toll, dass es nur
noch zwei Wochen sind, bis du herkommst!
Wir haben das Sofa zum Ausklappen, das ich
eigentlich erst zum 14. bekommen sollte, extra
```

schon ein paar Monate eher gekauft. Jetzt können wir es uns richtig gemütlich machen! Bring so viel Schminkzeug und Klamotten wie möglich mit, vielleicht können wir mal tauschen. Ich habe zum Beispiel keine spannenden Nagellackfarben, da bin ich nicht so mutig. Bei anderen Sachen aber schon. ;-)
Vorhin in der Schule haben wir den Plan für die Austauschwoche bekommen. Wie es aussieht, wird uns nur ein einziger Tag zum Shoppen bleiben, der Rest ist schon total verplant. Eigentlich schade, aber vielleicht auch besser so – geldmäßig, meine ich.
Ich freue mich auf deine Antwort. Bis dann!
Lena

Schon eine halbe Stunde später fand sie Rileys Antwortmail in ihrem Postfach.

Liebe Lena,
dein Foto gefällt mir richtig gut. Und du hast viele Hobbys, wow! Wie cool, dass ich in deinem Zimmer schlafen darf! Ich hoffe, ich schnarche nicht. ;-)
Zum Thema Schminken und Styling … Da bin ich eine echte Niete. Und Nagellack trage ich nicht.

Aber ich könnte dich beim Shoppen beraten, wenn du willst. Das hab ich zwar noch nie gemacht, aber ich kann ja auch mal was Neues ausprobieren.
Ich bin gespannt, was wir alles unternehmen. Bremen ist die Traumstadt meines Vaters, seit er dort mal ein halbes Jahr gelebt hat. Wenn er anfängt zu erzählen, kommt er gar nicht mehr aus dem Schwärmen raus. Bald sehe ich dann ja selbst, was er meint.
Take care und bis bald
Riley

KEIN NAGELLACK?!

Als Lena ihrer Freundin am nächsten Tag in der Schule von Rileys Mail erzählte, konnte die nur den Kopf schütteln.
„Noch nie jemanden beim Shoppen beraten? Komisch. Und dass sie schnarcht, finde ich auch etwas merkwürdig."
Lena musste grinsen. „Sie hat ja nur *Angst davor* zu schnarchen. Bestimmt hat sie was an der Nase oder so. Das mit dem Nagellack ist echt schade, aber vielleicht war das auch nur ein Scherz oder ich hab mich komisch ausgedrückt."
„Keine Ahnung. Lynn hat auf meine Mail jedenfalls noch nicht geantwortet. Ich kann mich auch noch gar nicht rich-

tig freuen. Hast du den Wochenplan gesehen? Da ist nichts bei, was Spaß macht. Nur lauter Museen, typisch Frau Gerland eben."

„Ach, nun sieh das Ganze mal nicht so schwarz. Das wird schon gut werden! Lynn schreibt bestimmt noch. Schick mir einfach sofort 'ne Nachricht, wenn du Post bekommen hast, okay?"

Doch statt einer Nachricht von Sophia fand Lena am Nachmittag eine neue E-Mail von Riley in ihrem Postfach.

```
Liebe Lena,
ich habe mich erkundigt. Das hier ist die Trend-
farbe der Saison bei uns in England.
Liebe Grüße
Riley
```

Lena klickte den eingefügten Link an. *Granatapfel? Hm.* Sah nicht schlecht aus. Das würde auch gut zu ihren dunkelblonden Haaren passen. Bestimmt hatte sich Riley extra bei ihren Freundinnen erkundigt, die mehr an Beautythemen interessiert waren als sie. Wirklich lieb von ihr! Und eigentlich war es doch auch völlig egal, ob sie ein bisschen unterschiedlich tickten. Hauptsache, Riley war nett. Sofort schnappte sich Lena ihr Handy und begann zu tippen.

```
Hey Sophia, falls du es noch nicht wusstest -
Granatapfel ist DIE Trendfarbe der Saison. Hab
ich eben von Riley erfahren. Und, endlich was
von Lynn gehört? :-)
```

Meistens dauerte es mindestens zehn Minuten, bis Sophia antwortete. So lange wie sie brauchte sonst niemand.

```
Granatapfel, aha. Ja, hab eine kurze Mail von
Lynn bekommen. Sie will mir Line-Dance-Schritte
zeigen, wenn sie hier ist. Vielleicht sollte sie
lieber bei meinem Opa übernachten, der mag auch
Countrymusik ;-)
```

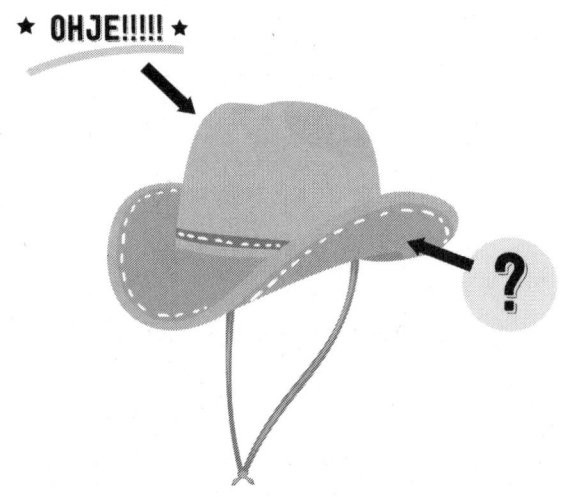

Lena antwortete sofort. Beim Tippen musste sie die ganze Zeit kichern.

```
Vielleicht könnt ihr ja auf der Abschiedsparty
was zusammen aufführen. LOL. Bis morgen! 😋
```

Lena konnte sich Sophias Gesichtsausdruck genau vorstellen. Bestimmt grinste sie gerade, rollte dabei aber mit den Augen.

Je näher der Besuch der englischen Gäste rückte, desto aufgeregter wurde Lena. Wenn ihr Riley in den Kopf kam, musste sie lächeln. Lena hatte sich immer Geschwister gewünscht, und die Vorstellung, bald so eine Art Schwester zu haben, mit der sie auch noch ein Zimmer teilte, war einfach fantastisch. Auch wenn es nur für eine Woche sein würde.
Am Abend bevor sich die Klasse von Frau Gerland am Flughafen treffen wollte, um die Gastschüler abzuholen, konnte Lena vor Nervosität nicht einschlafen. Sie schnappte sich ihr Handy.

```
Sophia, schläfst du schon?
```

Als Lena die Hoffnung auf eine Antwort schon fast aufgegeben hatte, piepste ihr Handy.

```
Jetzt nicht mehr ;-) Was gibt's denn?
```

Nichts, was sie nicht schon zigmal gesagt hätte, dachte Lena, aber wozu waren Freunde da? In dem Moment klingelte auch schon das Telefon.

„Bevor wir uns die Finger wund tippen, dachte ich, ich ruf einfach an. Kannst du nicht schlafen?"

„Nee. Ich bin total aufgeregt! Was, wenn mein Englisch versagt? Oder wenn ich vor Aufregung die ganze Zeit irgendwelchen Quatsch rede? Wäre ja nicht das erste Mal, dass das passiert …"

„Yep!", prustete Sophia los.

„Und ich sehe es schon kommen, dass meine Mutter irgendwelche Peinlichkeiten von sich gibt und ich sie nicht stoppen kann."

„Ja, ja. Es könnte alles Mögliche passieren. Wenn du jetzt die ganze Nacht darüber nachdenkst, wird es aber auch nicht besser. Also mach die Augen zu und versuch zu schlafen. Zähl Schafe oder was auch immer, manchmal funktioniert das ja. Wir sehen uns morgen am Flughafen, okay?"

„Okay", seufzte Lena. „Ich versuch es. Aber stell lieber dein Handy auf stumm, falls ich es nicht durchhalte, ja?"

„Schon passiert", sagte Sophia lachend. „Und du schläfst jetzt. Gute Nacht!"

Ob das Schafezählen geholfen hatte, konnte Lena am nächsten Morgen nicht mehr sagen. Den ganzen Vormittag über wuselte sie aufgeregt durchs Haus. Als es Mittag war, atmete sie auf. Endlich war es soweit!

Lenas Mutter staunte nicht schlecht, als ihre Tochter abfahrbereit vor ihr stand, als sie gerade nach ihr rufen wollte. „Du kannst es wohl kaum erwarten, was? Na dann, auf geht's!"

Als Lena und ihre Mutter am frühen Nachmittag am Flughafen in Hamburg eintrafen, war Sophia schon da, so wie auch Frau Gerland und einige von Lenas Klassenkameraden. Es dauerte nicht lange, bis sich fast die ganze Klasse versammelt hatte.

Sophia schien die Ruhe selbst zu sein. „Na, hast du gut geschlafen? Ich für meinen Teil wäre gern noch im Bett geblieben. So eine Hektik am Samstag …"

In diesem Moment wurde an der Anzeigetafel die Ankunft der Maschine aus London angekündigt. Frau Gerland rief die Schüler zu sich, während die Eltern am Rand standen und sich unterhielten. „Hört zu, wenn unsere englischen Gäste gleich durch das Tor kommen, könnt ihr euch gerne zusammenfinden, sofern ihr euch gleich erkennt. Ansonsten habe ich hier die Liste mit allen Namen und helfe euch. Leider sind Marvin und Melanie bisher noch nicht aufgetaucht." Sie schaute zur großen Drehtür.

Lena ging im Kopf noch mal die Sätze durch, die sie sich für Rileys Begrüßung zurechtgelegt hatte. Nach Frau Gerlands Ansprache verteilte sich die Gruppe vor der Absperrung, doch alle starrten auf das Tor, das sich immer wieder öffnete und schloss, wenn Reisende hindurchgingen. Leider zu kurz, um einen Blick auf den dahinterliegenden Gang zu erhaschen.

Doch dann war es soweit: Eine ganze Gruppe Jugendlicher kam durch das Tor, die meisten von ihnen zogen einen Koffer hinter sich her. Lenas Herz machte einen Hüpfer. Sie hatte ein Mädchen entdeckt, das supernett aussah und erwartungsvoll in die Runde blickte. Das musste Riley sein! Auf dem komischen Fotoausdruck hatte man zwar nur erkennen können, dass sie dunkle Haare hatte, aber ansonsten gab es kein Mädchen, das passen würde. Lena wollte gerade auf Riley zugehen, da schnitt ihr Marie aus ihrer Klasse den Weg ab.

„Hi, Alice!", rief Marie, und die beiden umarmten sich vorsichtig. *Hä? Wie konnte das denn jetzt sein?*

Mittlerweile hatten sich auch Sophia und Lynn gefunden. Die beiden standen sich betreten gegenüber. Immer mehr Deutsche und Engländer begrüßten sich und langsam näherten sich nun auch die Eltern. Lena hatte vor lauter Starren schon eine ganz zerknitterte Stirn. Sie lief hastig zu ihrer Lehrerin, die sowieso gerade über ihre Liste gebeugt war.

„Ähm, Frau Gerland, könnten Sie mir helfen? Ich finde Riley irgendwie nicht."

„Na klar, das haben wir gleich." Frau Gerland fuhr mit dem Finger die Liste ab, schaute auf, fuhr nochmal die Namen

ab. „Warte mal kurz", bat sie Lena und trat zu der kleinen Gruppe Engländer, die noch nicht abgeholt worden war. Nach einem kurzen Gespräch kam sie mit verwirrtem Gesichtsausdruck und einem Jungen im Schlepptau zu Lena zurück. „Ja, Lena, also, das ist Riley Manning."
Haha. Wie bitte?

Riley, ungefähr einen Kopf größer als Lena, mit zerzausten braunen Haaren, grünen Augen und einem Lächeln zum Dahinschmelzen, sah ihr unverwandt in die Augen. Ein unsicheres „Hi" war alles, was Lena rausbrachte, während Riley ihr lässig seine Hand entgegenstreckte. „Hallo Lena! Schön, dich zu treffen!"
In Lenas Kopf spulte sich der Text der E-Mail ab, die sie Riley geschickt hatte, besonders die Stellen über Nagellack, Shopping und das Sofa, das in ihrem Zimmer für sie – also ihn! –

bereitstand. Lenas Gesicht fing Feuer. Vielleicht sollte sie sich einfach umdrehen und so schnell wie möglich abhauen. Aber bevor sie sich darüber klar werden konnte, was sie machen sollte, übernahm Frau Gerland das Ruder.

„Also, Lena, ich gehe mal eben zu deiner Mutter rüber und bespreche das Ganze. Ich war eigentlich so froh, dass es in dieser Gruppe genau aufging mit Mädchen und Jungen …"
Sie räusperte sich, drehte sich um und ließ Lena einfach mit dem süßesten Jungen der ganzen Gruppe stehen.
Nicht nur Sophia klebte mit ihren Blicken und einem dicken Fragezeichen im Gesicht an ihnen. Lena bemerkte, dass um sie herum getuschelt wurde. Wie schaffte der Typ es bloß, sie weiterhin so anzusehen, als wäre das alles hier ganz normal? War ihm das Ganze denn kein bisschen peinlich?

In Lenas Kopf hämmerten die Gedanken wie die Tasten einer Schreibmaschine. Wie sollte sie es eine ganze Woche mit einem so gutaussehenden Jungen aushalten, ohne sich permanent zu blamieren? Und wo sollte er überhaupt schlafen? In ihrem Zimmer ja wohl kaum …
Andererseits … natürlich wäre es auch der Knaller, mit jemandem wie Riley so viel Zeit zu verbringen. Und vielleicht würde sie sich ja auch zusammenreißen können und es schaffen, nicht so viel Quatsch zu erzählen und es einfach zu genießen, Riley in Ruhe näher kennenzulernen.

Lena trat von einem Bein aufs andere und dann unauffällig ein paar Schritte zurück. Sie beobachtete ihre Mutter, die auch nicht gerade begeistert zu sein schien. Als ihre Mutter und Frau Gerland schließlich entschlossen auf sie zugingen, überlegte Lena sich, wie sie sich jetzt verhalten sollte.

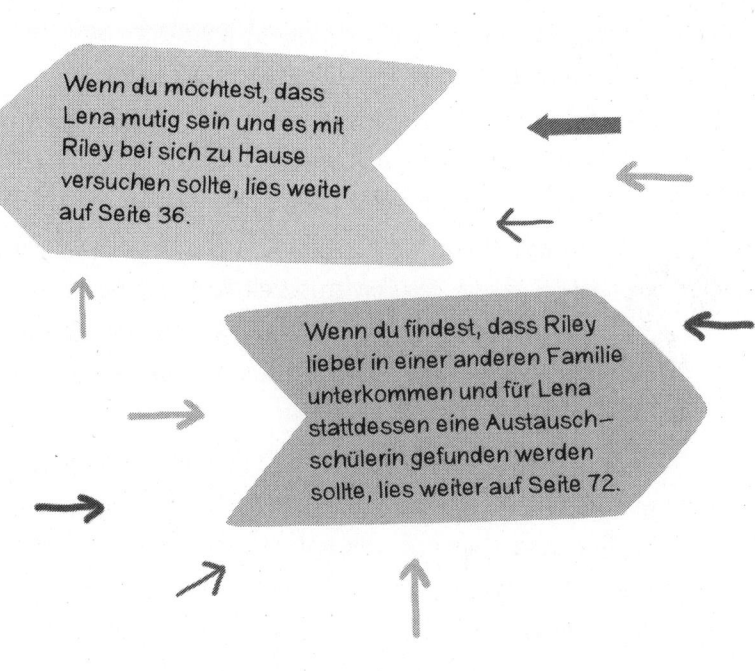

Wenn du möchtest, dass Lena mutig sein und es mit Riley bei sich zu Hause versuchen sollte, lies weiter auf Seite 36.

Wenn du findest, dass Riley lieber in einer anderen Familie unterkommen und für Lena stattdessen eine Austauschschülerin gefunden werden sollte, lies weiter auf Seite 72.

Lügen mit Folgen

Nach der langweiligen Mathestunde bei Herrn Blerius waren die Schüler mehr als erleichtert, dass der Schultag zu Ende war. Sophia trabte ausgelassen neben Lena her. „Wollen wir erst mal in die Innenstadt fahren und dann überlegen, was wir machen?"

Lena schluckte. „Ähm, ich hatte ja noch gar nicht gesagt, dass ich mitkomme. Heute wollten wir eigentlich meine Oma besuchen." Was Beklopperes hätte ihr nicht einfallen können, das war Lena auch klar.

„Deine Oma besuchen? Warum denn gerade heute? Und warum rückst du erst jetzt damit raus? Ich hatte mich total auf heute Nachmittag gefreut."

Eigentlich hatte Lena Sophia die Wahrheit sagen wollen, aber plötzlich hatte sie doch der Mut verlassen. „Sonst hat Kathy doch keine Möglichkeit, sie kennenzulernen. Oma wird außerdem meine Lieblingstorte backen und so hat sie auch mal etwas Abwechslung."

Lena war ein bisschen übel. Nun war sie so richtig in ihrem eigenen Lügennetz gefangen und dessen Fäden waren sehr, sehr klebrig. Das nächste Problem war: Würde Riley überhaupt Ja sagen? Vorausgesetzt natürlich, sie würde sich trauen, ihn zu fragen. Und jetzt fiel ihr noch brennend heiß ein, dass sie ja auch Kathy irgendwo unterbringen musste, während sie selbst mit Riley unterwegs war. Wieso wurde ihr das alles jetzt erst klar?
Es gab nur eine Möglichkeit, um aus dem ganzen Schlamassel herauszukommen. Sie musste Sophia jetzt die Wahrheit sagen.

Die trat noch näher ein Lena heran. „Mann, manchmal bist du aber auch echt eine Schnarchnase."

Sie lachte fies, jedenfalls hörte es sich für Lena so an. Dabei wusste Sophia, dass Lena es hasste, wenn Sophia sie so nannte. Die beiden hatten sich sogar mal deswegen gestritten und seither hatte Sophia dieses Wort nicht mehr benutzt. Bis heute.

Plötzlich war Lena stinkwütend auf ihre Freundin. Sophia hatte nicht einmal ihre Antwort abgewartet, und den Stadtbummel hatte Sophia sowieso nur vorgeschlagen, weil sie nicht mit Lynn allein sein wollte. Und jetzt hatte sie Lena auch noch „Schnarchnase" genannt.

„Du kannst ja mit Lynn losziehen. Wir sehen uns dann morgen wieder in der Schule", sagte Lena und wandte sich zum Gehen. „Ich muss jetzt zu Kathy, die wartet schon."

Lenas Stimme war eisig und Sophia war das nicht entgangen. „Mensch, sorry, Lena, jetzt sei doch nicht so empfindlich. Dann geh ruhig deine Oma besuchen. Wir können ja auch nachher noch mal telefonieren."

„Ist gut. Tschüss!" Lena winkte und redete sich ein, alles richtig gemacht zu haben.

Sie lief in Richtung Fahrradständer. Riley stand noch mit zwei Freunden und Melanie vor der Schule. Lena hätte eigentlich zuallererst Riley fragen müssen, sie ging aber auf Kathy zu, die etwas verloren an der Straße wartete.

„Hey, Kathy, darf ich dich was fragen?" Kathy richtete sich

neugierig auf. „Also, es ist so: Ich würde gern heute Nachmittag etwas mit Riley unternehmen. Würde dir das was ausmachen? Heute ist ja der einzige freie Nachmittag, und, naja, irgendwie fühle ich mich auch mit Riley verbunden, weil er doch eigentlich bei uns wohnen sollte."

Kathy lächelte und legte Lena eine Hand auf die Schulter. „Ich verstehe schon. Er ist übrigens Single – er hat in London keine Freundin." Sie zwinkerte Lena zu, die augenblicklich rot anlief. Offensichtlich war sie durchschaubar wie Plexiglas. Trotzdem fiel ihr ein Stein vom Herzen.

„Ist das auch echt kein Problem? Vielleicht kannst du heute Nachmittag mit den anderen losziehen."

Kathy überlegte kurz. „Ich könnte mich vielleicht an Mary und Amelie hängen. Die sind zwar schon los, aber ich hab mitbekommen, dass die beiden in die Stadt wollten, und mit Mary gehe ich in London auch manchmal shoppen. Ich wollte sowieso nach Souvenirs schauen."

Lena drückte Kathy fest an sich. „Wir können Amelie gleich anrufen, okay?"

„Klar!" Kathy war wirklich unkompliziert, fand Lena.

Kathy gab Lena einen kleinen Stoß. „Dreh dich nicht um, aber Riley kommt gerade in unsere Richtung. Hast du ihn eigentlich schon gefragt?"

Lenas Herz überschlug sich fast. „Nee, noch nicht."

„Dann ist jetzt die Gelegenheit! Na los, er ist echt ein Netter, sollte kein Problem sein. Ich lenk mal die anderen ab. Dreh dich um, auf mein Kommando … Jetzt!"

Von einem Moment auf den anderen stand Lena vor Riley und Kathy hatte Paul, Brian und Melanie in ein Gespräch verwickelt.

„Hey!", war alles, was Riley sagte, aber das war immerhin schon ein Wort mehr als Lena hervorbrachte. Außerdem lächelte er.

Lena musste sich praktisch zwingen, zurückzulächeln und gleichzeitig den Mund aufzukriegen. „Hast du Lust, was essen zu gehen?"

Wow. Lena war von sich selbst beeindruckt. Und Riley musste nicht lange überlegen. „Ja, sicher, warum nicht?"

Kathy kam auf Lena zu. „Also, Melanie fährt auch Richtung Stadt. Ich hab ihr schon gesagt, dass Riley erst später kommt. Ihre Mutter ist mit dem Auto da und sie nehmen mich mit. Ich schick Mary einfach eine Nachricht und dann finde ich sie schon. Treffen wir uns später irgendwo und fahren zusammen nach Hause?"

Lena war sprachlos. Kathy hatte echt der Himmel geschickt!

„Wo wollen wir denn hin?", wollte Riley wissen, nachdem er sich von seinen Freunden verabschiedet und Lena sich gefühlte hundert Mal bei Kathy bedankt hatte.

Irgendwo, wo die anderen nicht sind, dachte Lena sofort. „Es gibt ein kleines Bistro, gar nicht weit von hier. Wir könnten den Bus nehmen. Es sind nur ein paar Haltestellen."

„Klingt doch gut", sagte Riley und kam einen Schritt auf Lena zu.

Ihr Herz hatte sich ja schon wie für einen Marathon aufgewärmt, und jetzt war eindeutig der Startschuss für einen Dauersprint gefallen. Vor lauter Nervosität fing Lena wieder an zu plappern: „Es ist am Flughafen alles so komisch gelaufen, und da hab ich gedacht, dass wir uns auch mal treffen könnten, und heute, als wir dann die Spiele gemacht haben und nur wir beide aufgestanden sind und so, und ich hab mit Kathy gesprochen, die hat mir gesagt, dass Amelie und Mary auch in der Stadt sind, jedenfalls, da ist mir aufgefallen, dass heute der einzige richtig freie Nachmittag ist, und ..." Und wenn Lena jetzt nicht aufhörte zu reden, als hätte sie Sprechdurchfall, würde Riley es sich möglicherweise anders überlegen. Warum passierte ihr das immer, wenn sie unsicher war? Andere wurden still und hielten sich zurück, aber sie plapperte drauflos, als gäbe es kein Morgen.

Riley schien der kleine Aussetzer allerdings gar nicht gestört zu haben. „Ja, das Programm ist ganz schön voll. Und so viele Museen! Naja, kein Wunder, wenn man den Lehrern die Programmplanung überlässt."

Sie schlenderten zur Bushaltestelle und mussten nur zwei Minuten warten, bis der Bus kam. Nach weiteren zehn Minuten waren sie in der *Brasserie Au Soleil* angekommen und hatten sogar den schönsten Tisch ergattert. Der stand in einer lichtdurchfluteten Ecke, etwas für sich, mit Blick auf ein Bild an der Wand, das zwei Verliebte zeigte, die durch die Straßen von Paris spazierten.

Riley bestellte ein Baguette, Lena eine Suppe, doch nachdem der Kellner gegangen war, entstand eine kurze Stille. Lena kämpfte mit aller Macht gegen einen neuen Redeschwall an. Zum Glück konnte sie sich bremsen und eine der Fragen abspulen, die sie sich gestern Nacht zurechtgelegt hatte. „Wo hast du eigentlich Gleitschirmfliegen gelernt?"

„Wir machen jeden Sommer Urlaub in der Schweiz, weil mein Großvater da ein Häuschen in den Bergen hat. Leider darf ich erst mit sechzehn die Prüfung machen und allein fliegen, aber ich bin schon oft mit meinem Onkel Tandem geflogen."

Lena stellte sich vor, wie sie eines Tages während eines Tandemflugs an Riley hängen würde und sie gemeinsam über die Alpen schwebten. *Sowas Kitschiges aber auch!* Sie musste über sich selbst lachen.

„Du siehst süß aus", sagte Riley so selbstverständlich, als hätte er gesagt: „Mein Kakao schmeckt lecker."

„Danke", hauchte Lena. *Du auch,* wollte sie sagen, schaffte es aber nicht. Stattdessen nahm sie all ihren Mut zusammen und legte eine Fingerspitze auf Rileys Hand. Rileys Blick wanderte zu Lena, nicht aufdringlich, sondern zärtlich und einfach nur schön. Riley nahm Lenas Hand und streichelte sie.

DU SIEHST SÜSS AUS!

Lena glaubte davonzufliegen, doch in diesem Moment kam der Kellner mit ihrer Bestellung und Riley ließ ihre Hand los. Während des Essens kamen sie ins Gespräch über Bremen, London, über Freundschaften, blöde Lehrer und Hobbys. Lena hatte sich noch nie so gut mit einem Jungen unterhalten, und sie schaffte es auch immer besser, sich ganz normal und locker zu benehmen.

Sie hätte ewig mit Riley so dasitzen können, dann fiel ihr aber Kathy ein und sie checkte die Uhrzeit auf ihrem Handy. „Ich hab eine Nachricht bekommen und schau mal eben nach, ob Kathy geschrieben hat, okay?"

„Na klar", sagte Riley mit einem Lächeln.

Doch leider war die Nachricht nicht von Kathy, sondern von Sophia. Lena wurde gleichzeitig heiß und kalt, als sie las:

```
Du bist so eine Lügnerin und ich kann das alles
nicht glauben.
```

„Alles klar bei dir? Ist dir nicht gut?", fragte Riley besorgt.
„Ich muss mal eben telefonieren, sorry." Lena sprang von

ihrem Stuhl auf und zog sich aufs Klo zurück. Eigentlich sollte sie sofort Sophia anrufen, brachte es aber nicht über sich und wählte stattdessen mit zitternder Hand Kathys Nummer.

Die redete laut und aufgeregt: „Ich wollte dich auch gerade anrufen! Wir haben Sophia getroffen, und ich hatte mir eine Ausrede für dich überlegt, aber Melanie hat gesagt, du seist mit Riley abgezogen. Lena? Bist du noch da?"

Es dauerte einige Sekunden, bis Lena antworten konnte. „Ja."

Kathy übernahm wieder das Wort. „Hör zu, ich komm schon irgendwie zu dir nach Hause. Du hast jetzt bestimmt erst was zu klären – mach dir keine Gedanken um mich, ja?"

Kathy war ein Riesenschatz.

Verwirrt und traurig ging Lena zu Riley zurück. Der sah sie mit einer Mischung aus Verwirrung und Besorgnis an. „Ich weiß ja nicht, was los ist", sagte er vorsichtig und mit sanfter Stimme, „aber kann ich irgendwas machen, um dir zu helfen?"

Lena schluchzte. So liebevoll, wie Riley sie ansah, musste sie ihm einfach alles erzählen. Als sie fertig war, fragte sie: „Was würdest du an meiner Stelle tun?"

„Ich würde sofort zu Sophia fahren und versuchen, ihr alles zu erklären." Er kramte einen Zettel aus seiner Tasche. „Hier, ich schreib dir meine Handynummer auf. Ruf mich an, wenn irgendwas ist. Oder auch sonst – vielleicht können wir unser Date ja noch mal fortsetzen."

Er hatte es DATE genannt. Wenn Lena nicht wegen Sophia so aufgewühlt gewesen wäre, wäre sie jetzt vor Glück ausgerastet.

Aber auch der letzte Funken ihres Glücksgefühls erlosch, als sie bei Sophia vor der Tür stand, denn die knallte ihr ebendiese fast wieder ins Gesicht.

„Darf ich wenigstens reinkommen?", fragte Lena kleinlaut.

Sophia ließ die Tür offen, sprintete aber davon. Lynn und Sophias Mutter, die in der Küche saßen, warfen Lena fragende Blicke zu, als sie ihrer Freundin in ihr Zimmer folgte.

Sophias Gesicht war rot vor Wut. „Ist das wirklich dein Ernst?", schleuderte sie Lena entgegen.

„Darf ich versuchen, es dir zu erklären?"

„Mir doch egal."

Lena hatte Angst, dass sie wegen ihrer dummen Aktion ihre beste Freundin verlieren würde. „Ich wollte dich nicht anlügen. Ich hätte dir spätestens morgen alles erzählt. Ehrlich."

„Und warum erst morgen? Das war so peinlich, als ich Kathy und die anderen in der Stadt getroffen habe und Melanie mir

auch noch brühwarm aufgetischt hat, was alle außer mir schon längst wussten. Und ich dachte, wir würden uns alles erzählen."

Sophias Stimme klang plötzlich so, als würde sie jeden Moment anfangen zu weinen. Sophia hatte einen Hang zum Drama, aber in diesem Fall konnte Lena ihre Reaktion mehr als verstehen. Sie hätte von Anfang an ehrlich sein sollen, und es war gemein, sie so im Regen stehen zu lassen. „Es tut mir schrecklich leid. Ich war nicht mutig genug, dir von meinen Gefühlen für Riley zu erzählen, und ich wollte dich nicht verletzten. Kann ich es irgendwie wieder gutmachen?"

Es dauerte lange, bis Sophia aufblickte. „Keine Ahnung. Vielleicht hätte ich mich ja auch gern mit Riley verabredet. Wenigstens kannst du mir versprechen, dich nicht mehr heimlich mit ihm zu treffen, oder am besten gar nicht mehr. Das wäre ja wohl das Mindeste."

Sophias Worte fühlten sich an wie ein Schlag ins Gesicht. Gerade war Lena noch im siebten Himmel gewesen und jetzt zerfiel ihr Glück in tausend Scherben. Wenn sie sich weiter mit Riley traf, würde sie ernsthaft ihre Freundschaft mit Sophia aufs Spiel setzen. Und wenn die Engländer wieder abreisten, hätte sie sowohl Riley als auch ihre beste Freundin verloren. Einerseits verstand Lena Sophias Reaktion, aber andererseits war es einfach nur gemein, was sie da von ihr verlangte.

Sophia vermied ihren Blick, und Lena hatte das Gefühl,

dass es für den Moment nichts mehr zwischen ihnen zu sagen gab.

„Ist gut. Ich geh dann jetzt nach Hause", meinte sie schließlich. Als sie traurig aus dem Zimmer schlich, hob Sophia noch nicht einmal den Kopf.

Wenigstens antwortete Riley verständnisvoll, als Lena ihm am Abend eine Nachricht schickte.

```
Tut mir leid, dass alles so blöd gelaufen ist.
Ich kann verstehen, dass du es dir mit Sophia
```

nicht verderben willst … 😕 auch, wenn ich dich gern noch mal getroffen hätte. Ich fand es heute sehr schön mit dir.

Lena konnte sich nicht erinnern, jemals gleichzeitig so glücklich und so traurig gewesen zu sein. Und genau dieses Gefühl begleitete sie in den folgenden Tagen. Zwischen Sophia und ihr herrschte absolute Funkstille. Sie sahen sich zwar zwangsläufig in der Schule und bei den Ausflügen mit den Engländern, aber sie wechselten kaum ein Wort. Kathy hatte die Situation sofort erfasst und heiterte Lena auf, wo sie nur konnte. Auch wenn das praktisch unmöglich war. Lena wagte es nicht, mit Riley zu flirten, wenn Sophia in der Nähe war. Meistens wirkte er inmitten seiner Clique auch sehr cool und schien Lena kaum zu beachten. Sie hoffte dann immer, dass er das nur deshalb tat, weil er Lena helfen wollte, und nicht, weil ihm alles zu kompliziert geworden und sie nicht mehr interessant für ihn war. Aber in den kleinen Momenten zwischendurch, wenn Riley allein stand und Sophia entweder schon gegangen oder noch nicht da war, warfen die beiden sich lange Blicke zu. Außerdem schickten sie sich jeden Abend Nachrichten hin und her, bis ihnen die Finger wehtaten. Lena war in diesen Momenten so glücklich, dass sie manchmal nicht wusste, ob sie träumte. Leider hielt das Hochgefühl nie lange an, wenn Lena an Sophia dachte. Deshalb mochte sie sich auch gar nicht mit der Abschiedsparty beschäftigen. Natürlich würde sie hingehen, aber sie wusste nicht, wie sie den Abend überstehen sollte.

Für die Party-Vorbereitung des Klassenzimmers meldete sie sich ab. Sie musste sich noch nicht mal einen Vorwand ausdenken, denn ihr war wirklich übel. Und so verbrachte Lena den ganzen letzten Tag im Bett. Erst eine Stunde, bevor sie zur Party losmusste, rappelte sie sich auf, griff kraftlos nach einem Outfit ganz in Schwarz und machte sich auf den Weg ins Badezimmer.

Ihre Mutter, die sie zur Party fahren wollte und den Tag über bereits mehrmals an ihrer Zimmertür geklopft hatte, fragte vorsichtig, ob alles in Ordnung sei. Sie betrachtete stirnrunzelnd Lenas dunkles Outfit. „Sonst ziehst du doch immer so schöne bunte Sachen an."

„Kann schon sein. Aber heute nicht." Lena hatte in diesem Moment wirklich keine Lust, mit ihrer Mutter über ihre Probleme zu reden.

Ihre Mutter schien das glücklicherweise zu verstehen und bohrte nicht weiter nach. Auch auf der Fahrt zur Schule sagte keine der beiden ein Wort.

Als Lena im Klassenzimmer ankam, in dem die Musik schon aufgedreht war und eine Discokugel bunte Muster an die Decke warf, waren alle schon da und in Partystimmung. Riley stand mit Kathy, seinen Freunden Paul und Brian und Melanie am Fenster. Er zwinkerte Lena zu und konnte es nicht lassen, ihr zärtliche Blicke zuzuwerfen. Sophia, die mit einem Becher in der Hand in der Nähe des Buffet-Tisches stand, beobachtete Lena, die sofort zusammenzuckte, als sie es bemerkte. Sophia stellte ihr Getränk ab und ging zielstrebig auf Lena zu. *Oje.* Würde sie ihr jetzt eine Szene machen?

Sophia blieb sehr dicht vor Lena stehen, denn die Musik war so laut, dass Sophia dagegen anreden musste. „Okay. Es ist vorbei."

Lena wurde schlagartig übel. Aber Sophia legte ihr eine Hand auf die Schulter, liebevoll und irgendwie vertraut. „Ich hab doch gesehen, wie er dich eben angesehen hat, als du reinkamst. Der steht voll auf dich. Das war schon am Flughafen klar. Ich weiß auch nicht, irgendwie war ich eifersüchtig. Dabei hätte ich mich doch für dich freuen sollen."

Lena hatte die Augenbrauen vor Verwunderung so weit hochgezogen, dass sie aussah wie ein wandelndes Fragezeichen.

Sophia nahm ihre Hand. „Trotzdem war es echt mies von dir, mich so anzulügen. Aber ich hab mich vorher ziemlich komisch benommen, und deshalb kann ich dich auch irgendwie verstehen. Es tut mir wirklich leid, Lena." Sie lächelte schüchtern. „Lass uns das alles vergessen und wieder Freundinnen sein. Und nun geh schon rüber zu Riley, eure Schmachtblicke sind ja kaum auszuhalten!", sagte sie grinsend und fügte hinzu: „Morgen reist er ja ab und dann hab ich dich wieder ganz für mich."

Lena war so erleichtert, dass sie ihre Freundin fest an sich presste. „Es tut mir auch leid! Ich bin so froh, dass wir uns wieder vertragen. Ich spreche kurz mit Riley und dann feiern wir alle zusammen, ja?" Lena scannte den Raum nach Riley ab – er war gerade dabei, sich ein Getränk zu holen.
Sophia reagierte darauf mit „Na los, geh schon!", und Lena spürte, wie erleichtert auch Sophia war.
Riley machte große Augen, als Lena sich ihm so ganz und gar nicht heimlich näherte. „Was ist denn jetzt mit Sophia?", fragte er verblüfft.
„Die Frage ist eher, was mit uns ist", antwortete Lena und wunderte sich selbst über ihren plötzlichen Mut. Aber ihre Versöhnung mit Sophia hatte sie so beflügelt, dass heute Abend alles möglich schien.
Riley überlegte kurz, dann blitzten seine grünen Augen auf. Er stellte sein Getränk ab und ging auf Lena zu. Riley schlang seine Arme um sie und küsste sie sanft auf die Lippen. Kathy, die hinter ihnen in der Nähe des Buffets stand, formte überdeutlich das Wort *Yes!*
Und Lena spürte, wie eine riesige Last von ihr abfiel und tausend Schmetterlinge sich in ihrem Bauch auf einen Schlag in Bewegung setzten.

Ende

Peinlich, peinlich ...

Endlich wagte Lena es, Riley ein kleines Lächeln zu schenken. Hatte sie einen Jungen noch nie so lange angesehen oder hatte sie nur noch nie jemanden mit so einer besonderen Augenfarbe getroffen? Das Grün in Rileys Augen erinnerte sie an den Smaragd an der Lieblingskette ihrer Tante.

Lenas Mutter tippte ihrer Tochter ungeduldig auf die Schulter.

„Hallo? Könntest du mir bitte mal antworten?"

„Äh, ja, worauf denn?"

„Na, wie wir das jetzt machen sollen. Riley kann ja schlecht in deinem Zimmer schlafen, wie wir es eigentlich geplant hatten."

Frau Gerland, die neben Lenas Mutter stand, zog die Augenbrauen hoch und nickte.

Lena dachte nach. Inzwischen hatte Riley sich ein Stückchen entfernt und unterhielt sich mit einem Freund.

„Er könnte doch auch im Büro schlafen, dann ziehen wir da das kleine Sofa aus", antwortete sie schließlich.
„Und wo soll ich arbeiten?", hakte Lenas Mutter nach.
„Es ist doch nur für eine Woche! Du könntest deinen Laptop so lange auf den Küchentisch stellen."
„Also schön, von mir aus. Ich frage ihn mal eben, ob das mit dem Büro okay für ihn wäre."
Lenas Mutter trat einen Schritt auf Riley zu und räusperte sich. Dann fragte sie ihn (im deutschesten Englisch, das Lena je gehört hatte): „Reili, will ju schliep bei uns in sie office?"

*Neeeeiiiiiinnnn!!!!!!!!!!!!
HIIIILFEEE!!!!!*

Ach du Schande. Lenas Bitte an ihre Mutter, Deutsch mit Riley zu sprechen, war ganz offensichtlich nicht angekommen. Sie hätte ihn lieber selbst fragen sollen – was dachte er jetzt bloß über sie? Ihre Mutter war eher ein Zahlen-Typ, mit Sprachen hatte sie es so gar nicht. Was sollte also diese klägliche Ansprache? Lenas Feuerball-Gesicht, das sich gerade ein bisschen beruhigt hatte, feierte sein Comeback.
Riley grinste und antwortete höflich: „Yes, sure!"
Bildete Lena sich das ein oder sah er tatsächlich ein bisschen enttäuscht aus? Seine E-Mail flackerte sofort in ihrem Gedächtnis auf. *Wie cool, dass ich in deinem Zimmer schlafen darf.* Am besten, sie verschwand zu Hause erst mal unter ihrer Bettdecke. Obwohl – das ging ja auch nicht, sie würde sich

schließlich mit Riley unterhalten müssen. Und am Abend stand eine Begrüßungsparty für die Engländer auf dem Programm. Aber das war noch lange hin. Sehr lange.

Frau Gerlands Augenbrauen waren noch immer nicht wieder an ihre ursprüngliche Position zurückgekehrt. „Na gut, dann haben wir also eine gute Lösung gefunden", sagte sie. Allerdings klang das eher wie eine Frage.

Einige der Austauschschüler und ihre Gastfamilien waren schon auf dem Weg zum Ausgang. Lena bemühte sich, mit Riley und ihrer Mutter Schritt zu halten, die es anscheinend sehr eilig hatten, das Auto zu erreichen.

Sophias Mutter hatte direkt vor dem Terminal geparkt und diskutierte gerade wild mit einem Parkaufseher. Sophia sah so missmutig aus neben ihrer Gastschwester Lynn, dass Lena sich noch nicht mal traute, ihr den AGB zuzuwerfen.

„Bis später dann bei der Begrüßungsparty!", rief sie ihr stattdessen aufmunternd zu.

Doch aus dem Blick ihrer Freundin wurde Lena alles andere als schlau.

„Ja, bis später dann", antwortete Sophia zerknirscht.

Sophias Mutter, die wohl aufgegeben hatte und geknickt einen Strafzettel entgegennahm, forderte Sophia und Lynn auf einzusteigen. „Los jetzt, ihr beiden. Nicht, dass ich noch mehr bezahlen muss!"

Sophia nickte Lena zu. Sie stieg ins Auto und Lynn folgte ihrem Beispiel.

„Lena, kommst du endlich?", rief ihre Mutter vom Parkautomat ein Stückchen weiter.

„Bin schon unterwegs!" Lena versuchte, so entschlossen wie möglich zu klingen.

Riley lehnte an einem Pfeiler. Er blickte nicht auf, als Lena sich näherte.

„Ich hab nur noch eben meiner Freundin Sophia Tschüss gesagt", meinte Lena entschuldigend.

Jetzt hob Riley den Kopf und sah sie fragend an.

„Also, da drüben, meine Freundin, sie ist mit Lynn auf dem Weg zu sich nach Hause. Ihre Mutter musste sogar noch eine Strafe bezahlen, weil ihr Parkticket abgelaufen war. Das hat sie ganz schön geärgert, glaub ich."

Rileys Gesicht war zum Fragezeichen mutiert.

Es war also wieder mal passiert: Lena war vor lauter Unsicherheit in eine Plapperschleife geraten.

„So, dann kommt mal", sagte Lenas Mutter und Lena flehte in Gedanken: *Quatsch ihn bloß nicht wieder auf Denglisch an!* Riley musste ja denken, seine Gastfamilie war komplett durchgedreht.

Leider wurde Lenas Flehen nicht erhört.

„And, how waas se Fly, Reili?"

Riley saß vorne neben Lenas Mutter, sodass Lena sein Gesicht nicht sehen konnte. Wohl auch besser so ...

„Gut!"

Mehr gab es dazu offensichtlich nicht zu sagen, doch weil Lenas Mutter die Stille nicht aushalten konnte, bohrte sie weiter. „How is se weser in London? Viel rain, or?"

Die Weser, liebe Ma, ist ein Fluss, der durch Bremen fließt, dachte Lena und spannte den Kiefer genervt an. *Das Wort weather jedoch besitzt ein „th" in der Mitte.*

Ihre Mutter lachte über ihre eigene Frage und Lena war immer dankbarer, dass sie allein auf der Rückbank saß. Zwar noch immer nicht weit entfernt genug von diesem bizarren Geschehen, aber immerhin.

Riley lachte aus Höflichkeit kurz mit. „Jaaa."

Lena kniff ihre Mutter schnell in die Schulter, bevor sie weiter versuchte, die Stille mit ihren peinlichen Fragen zu füllen.

Vielleicht hatte Lenas Mutter den Wink verstanden, vielleicht war sie aber auch nur erschöpft vom Kramen im nicht wirklich vorhandenen englischen Wortschatz in ihrem Gehirn. Den Rest der Fahrt über herrschte jedenfalls Schweigen.

Zu Hause angekommen, führte Lena Riley erst mal durchs Haus. Ganz zum Schluss kamen sie in das kleine Büro, wo Lena sich sofort daran machte, das Sofa auszuziehen.

„Das ist eigentlich ganz gemütlich", plapperte sie los, „da habe ich auch schon öfter drauf geschlafen, als Oma und Opa zu Besuch waren und …"

Stopp. Nicht schon wieder! Lena hielt inne und lächelte Riley entschuldigend an. Der erwiderte ihr Lächeln mit einem Strahlen seiner Smaragdaugen, was Lena fast dazu verleitet hätte, wieder loszulegen. Doch dieses Mal hatte sie sich im Griff und konzentrierte sich auf das Sofa, denn irgendwie klemmte das Liegeteil. Lena zog und ruckte, aber nichts tat sich. „Warte, ich helfe dir!", sagte Riley, beugte sich vor und fasste mit an. Gerade starrte Lena noch auf Rileys Oberarme, die sich anspannten, da berührte seine warme Hand plötzlich wie zufällig ihre. Zum Glück schien er nicht zu bemerken, dass die Berührung einen kleinen Blitz durch Lenas Körper sendete. Oder etwa doch?

„Gut so?", sagte Riley und grinste Lena vielsagend an.
Lena suchte in ihrem Hirn panisch nach irgendeiner lässigen Antwort, doch in diesem Moment flog die Tür auf und ihre Mutter stürmte herein.
„Ach gut, ihr habt schon angefangen!", sagte sie fröhlich.
Und zu Riley gewandt fügte sie hinzu: „I nehm mal eben my Laptop mit." Sie griff sich das Gerät vom Schreibtisch und brauste wieder hinaus.
Die Tür fiel mit einem lauten Knall ins Schloss und Lena spürte, wie ihr Gesicht schon wieder ganz heiß wurde. Sie war hin- und hergerissen. Einerseits wollte sie unbedingt bei Riley

bleiben, ihn so nah bei sich spüren wie eben und sich in seinen Smaragdaugen verlieren. Andererseits hatte sie Angst, wieder in sinnloses Dauerquasseln zu verfallen. Denn das konnte jederzeit passieren, so wenig wie Riley von sich aus redete.

Lena bemerkte, wie er sie von der Seite beobachtete. Sie sprach bemüht langsam: „Also, ich geh mal kurz in mein Zimmer und komm dann gleich wieder, okay?"

„Okay", antwortete Riley, und neben seinen Mundwinkeln bildeten sich süße kleine Grübchen.

„Tja dann", rief Lena und sprintete aus dem Raum. In ihrem Zimmer schmiss sie sich aufs Bett und griff nach ihrem Handy.

```
Hey Sophia, wie läuft es mit Lynn? 😟 Riley ist
drüben im Büro und ich weiß nicht, was ich machen
soll.
```

Lena zuckte zusammen, als Sophias Antwort nur wenige Augenblicke später kam.

```
Ich kann nicht glauben, dass Riley ein KERL ist!
```

Das konnte Lena ja auch nicht, aber damit war keine ihrer Fragen beantwortet. Also versuchte sie es erneut.

```
Es ist noch so lange hin bis nachher! Was soll
ich denn die ganze Zeit mit ihm machen? Und: Was
ziehst du nachher an?
```

Und da war sie wieder, die alte Sophia. Lena musste zehn Minuten auf eine Antwort warten.

```
Weiß noch nicht, ist mir auch egal.
```

So wie es aussah, war Sophia schlecht drauf. Das passierte schnell bei ihr, aber zum Glück hielten ihre Schlechte-Laune-Attacken nie lange an. Lena war sich sicher, dass Sophia trotzdem zur Party kommen und sie nicht unter irgendeinem Vorwand hängenlassen würde. Dafür war Sophia viel zu neugierig. Lena ließ ihre Freundin erst mal in Ruhe, das war in solchen Situationen mit ihr immer das Beste. Später würde sie sich dann von ganz allein melden.

Lena dachte darüber nach, dass es eigentlich komisch war, dass Sophia und sie sich gefunden hatten, wo sie doch so verschieden waren. Mit der Zeit hatte Lena aber gelernt, mit Sophias Launen umzugehen, und ihr war klargeworden, dass Sophia immer zu ihr stand – egal, was passierte. Auch wenn Lena das manchmal erst hinterher herausfand.

Nach weiteren zehn Minuten des Grübelns in ihrem Zimmer tauchte Lenas Rettung in Form ihres Vaters auf, der nach einem Termin mit einem Freund anscheinend bester Stimmung war. Sophia hörte, wie ihre Mutter Riley vorstellte.

Zum Glück war das Englisch von Lenas Vater richtig gut, da er es beruflich oft brauchte, deshalb hatte sie ihm auch nicht auferlegt, sich mit Riley ausschließlich auf Deutsch zu unterhalten. Lena stellte sich ganz dicht an die Zimmertür und presste ihr Ohr ans Holz. *Ja! Super!* Riley und Lenas Vater kamen sofort ins Gespräch.

Nach einer Weile traute Lena sich ins Wohnzimmer, wo Riley und ihr Vater sich über Fußball unterhielten. Lenas Papa schien kein bisschen irritiert, dass die angekündigte Gasttochter plötzlich ein Gastsohn war.

„Hallo Lena, da bist du ja endlich!", sagte ihr Vater und klopfte neben sich aufs Polster. „Setz dich doch zu uns!"

Das tat sie auch, wurde aber nicht groß beachtet, denn ihr Vater und Riley fielen sofort wieder in ihr Gespräch zurück.

Lena war erst erleichtert, dass sie nichts weiter tun musste, als entspannt rumzusitzen, aber nach einer halben Stunde wurde ihr allmählich langweilig. Und außerdem: Ein bisschen komisch war es schon, dass Riley sie so gar nicht beachtete. Eigentlich wäre es doch nett, wenn sie sich wenigstens noch ein bisschen kennenlernen würden, bevor sie nachher zur Party gingen.

Mist. Lena versuchte, ihre Konzentration zurück auf das

Gespräch zu lenken. Da musste es doch einen Punkt geben, wo sie einhaken konnte!

In diesem Moment fragte Lenas Vater Riley irgendetwas über London.

„Ja, ist echt cool da!", sagte Lena und strahlte die beiden an. „Ich habe mal gelesen, dass dort die *zebra stripes* erfunden wurden."

Ihr Vater zog seine linke Augenbraue hoch. *„Zebra stripes?* Nee, die wurden sicher nicht in London erfunden, mein Schatz."

Riley blickte angestrengt auf den Boden, als würde er nach einem ganz bestimmten Fussel suchen, konnte sich aber ein Grinsen nicht verkneifen.

Lenas Vater setzte noch einen drauf. „Du meinst den Zebrastreifen, also *zebra crossing*, oder? Obwohl, im Londoner Zoo gibt es bestimmt auch echte Zebras."

Rileys biss sich auf die Lippen, aber sein Grinsen wurde trotzdem noch breiter.

Echt, total witzig.

Wenigstens bemerkte Lenas Papa schnell, dass er nicht gerade einfühlsam gewesen war. „Mensch, Lena, war doch nur ein kleiner Witz! Ich lass euch mal allein, dann könnt ihr euch auch mal unterhalten."

Leider klebte Rileys Blick weiterhin am Boden. Gab es da irgendwas Besonderes zu sehen? Oder versuchte er einfach, nicht laut loszuprusten? *Bin ich jetzt etwa zur Lachnummer mutiert?*, fragte Lena sich verzweifelt. In Gedanken tippte sie schon die Nachricht an Sophia: *Ich komme auch nicht mit heute Abend*, da hob Riley plötzlich den Kopf. Die Kombination aus seinen hellgrünen Augen und den verführerischen Grübchen neben seinen Mundwinkeln drückte bei Lena wieder den Unsinn-brabbeln-ohne-Ende-Knopf, und das Schlimmste war: Obwohl sie es merkte, konnte sie nichts dagegen tun.

„Ja, also echt, das war ja was eben mit dem Zebrastreifen. Jedenfalls ist London eine Superstadt, ich freu mich schon, wenn wir dann dran sind, zu euch zu reisen, was wir wohl alles machen werden, ich kann es kaum erwarten, und so, ach ja, heute Abend ist übrigens die Begrüßungsparty, da müssen wir so um sechs los, aber das weißt du bestimmt schon."

Endlich holte Lena Luft und bremste sich selbst. Rileys Gesichtsausdruck blieb unverändert. Hatte er überhaupt ein Wort von dem verstanden, was sie gesagt hatte? Warum sagte er nichts? Lena rutschte unruhig auf der Couch herum und lächelte, allerdings ziemlich verkrampft. Als Riley keine Anstalten machte zu antworten, fasste Lena einen Entschluss.

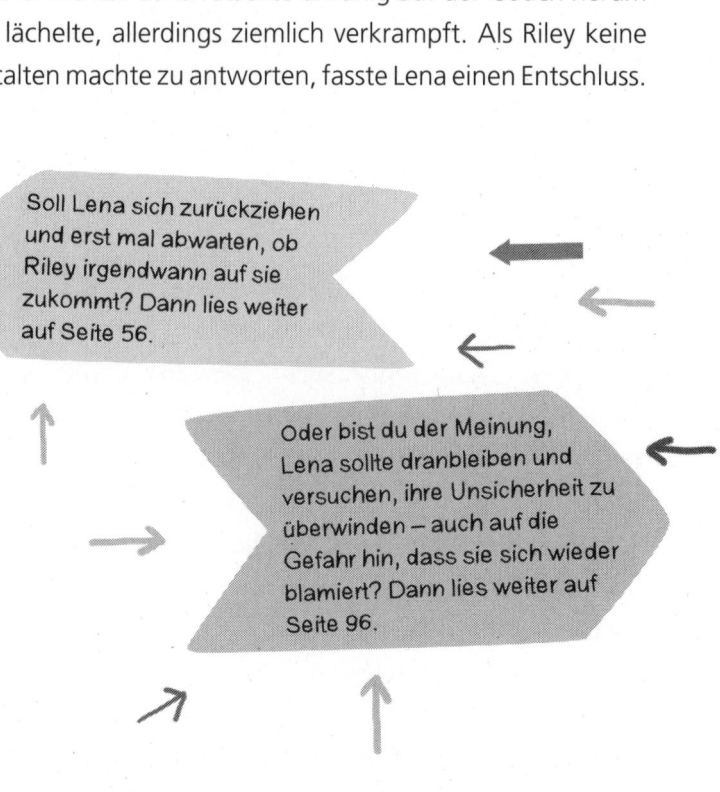

Soll Lena sich zurückziehen und erst mal abwarten, ob Riley irgendwann auf sie zukommt? Dann lies weiter auf Seite 56.

Oder bist du der Meinung, Lena sollte dranbleiben und versuchen, ihre Unsicherheit zu überwinden – auch auf die Gefahr hin, dass sie sich wieder blamiert? Dann lies weiter auf Seite 96.

Girls just wanna have fun

Als alle aus dem Klassenzimmer strömten, hopste Sophia vor Lena auf und ab. „Und, wo wollen wir denn gleich zuerst hin? Ich freu mich schon auf unseren Mädels-Nachmittag!"

„Ich auch", antwortete Lena – allerdings leicht gequält, weil genau in diesem Moment Riley an ihr vorbeiging. Er war gerade in ein Gespräch mit seinem Freund Paul vertieft. Lena atmete tief durch. Es zerriss ihr fast das Herz, aber sie wollte Sophia nicht enttäuschen und schon gar nicht wegen eines Jungen mit ihr aneinandergeraten. Wenn sich mit Riley noch zufällig irgendetwas ergab, war das toll, aber wenn nicht, würde sie eben die Zeit mit Sophia, Kathy und Lynn in vollen Zügen genießen.

„Wir könnten doch erst mal beim Marktplatz um die Ecke eine Kleinigkeit essen und dann 'ne Runde shoppen. Ich bin gespannt, worauf Kathy und Lynn sich stürzen wollen."

Die beiden englischen Mädels schlossen zu Lena und Sophia auf. Lynn, Kathy und Lena verstanden sich richtig gut, was auch Sophia und Lynn irgendwie guttat. In dieser Konstellation gingen die beiden locker und vertraut miteinander um, was laut Sophia überhaupt nicht der Fall war, wenn sie allein waren.

Kein Wunder also, dass es ein toller Nachmittag wurde. Kathy und Lynn hatten einen so ganz anderen Klamottengeschmack als Lena und Sophia. Lynn stand total auf enge Shirts in Pink und Orange, Kathy auf Röcke mit großem Muster, die sie mit dunklen Tops kombinierte.

„Trägst du das eigentlich auch beim Line Dance?", fragte Sophia, und Lena musste grinsen.

„Ja, manchmal schon." Lynn sprach gern über ihr Hobby, was Sophia in den Wahnsinn trieb.

„Hast du denn schon ein paar Schritte gelernt, Sophia?", fragte Lena und knuffte ihrer Freundin in die Seite.

Die verdrehte die Augen, konnte sich aber ein Grinsen nicht verkneifen.

„Nee, sie wollte ja nichts lernen", sagte Lynn ein bisschen enttäuscht.

Lena ließ nicht locker. „Dann zeig uns doch jetzt, wie es geht!"

„Hier? Mitten in der Einkaufsstraße?"

„Warum denn nicht?" Lena ignorierte Sophias Grinchgesicht und hielt sich lieber an Kathy, die für jeden Quatsch zu haben war.

Plötzlich war es, als hätte Lynn tagelang nur auf ein Startzeichen gewartet. „Also, okay, ihr müsst euch dazu jetzt so eine westernmäßige Musik vorstellen. Macht mir einfach die Schritte nach."

Und los ging es. Sophia zierte sich erst, stieg dann aber auch mit ein.

Lynn war ganz in ihrem Element. „Ja, genau, zwei nach links, zwei nach rechts, auf der Stelle treten, zweimal mit der Hacke, zur Seite und dann umdrehen. Genau, jetzt habt ihr es raus!"

Und so tanzten die vier mitten auf der Obernstraße in Bremen, und selbst Sophia musste zugeben, dass es Spaß machte. Sie übten so lange, bis die Straßenbahn sie mit einem Klingeln verscheuchte und sie prustend zur Seite sprangen.

„Danke, dass ihr mitgemacht habt!" Lynn hatte rote Wangen und auch Kathy strahlte. „Macht irgendwie gute Laune, wenn man so in einen Rhythmus kommt. Aber jetzt hab ich echt Hunger!"
Lena hakte sich bei Kathy unter und winkte auch die anderen beiden heran. „Also ab ins Café!"

Die vier verbrachten in den nächsten Tagen jede freie Minute zusammen, saßen bei allen Bustouren nebeneinander und tanzten sogar manchmal in den Pausen, allerdings eher in den abgelegenen Ecken des Schulhofes.
Lena freute sich auf jeden einzelnen Tag mit den Mädels, und auch zu Hause genoss sie die Abende in ihrem Zimmer mit Kathy, wenn sie über alles Mögliche quatschten und alle Sprachhemmungen vergaßen.
Lena musste beim Einschlafen trotzdem noch manchmal an Riley denken. Da sie immer mit den Mädels zusammenhing, hatte sie die ganze Zeit nichts mit ihm zu tun gehabt und höchstens zwischendurch Blickkontakt zu ihm aufgenommen. Vielleicht würde sich in London eine Chance ergeben,

dass sie sich näherkamen. In einigen Wochen würde Lenas Klasse schließlich nach England aufbrechen und dann gab es auch ein Wiedersehen mit Kathy und Lynn.

Aber jetzt waren sie ja noch hier zusammen in Bremen und Lena hatte sich vorgenommen, jeden Moment zu genießen. Schon Tage vor der Abschiedsparty tauschten die vier Mädchen sich darüber aus, was sie anziehen wollten. „Wir könnten uns doch treffen und zusammen fertig machen!", schlug Lena vor.

„Leider machen wir aber am letzten Tag einen Ausflug allein", erinnerte sich Lynn.

„Ja, stimmt, aber wir könnten uns doch auch in der Schule umziehen und schminken und so. Wir besetzen einfach irgendeinen anderen Klassenraum. Um die Zeit ist ja außer uns niemand mehr da. Jeder bringt einen Taschenspiegel, Schminkzeug und so weiter mit und dann kann jede alles benutzen. Was haltet ihr davon?" Sophia blickte freudestrahlend in die Runde.

„Gute Idee!", rief Kathy und auch Lena und Lynn waren begeistert.

Am letzten Tag bereiteten Lena und Sophia daher nicht nur ihr eigenes Klassenzimmer für die Party vor, sondern gestalteten auch den Raum der Parallelklasse zu einem geheimen Beautybereich um. Auf dem Pult stellten sie diverse Spiegel auf, davor drapierten sie all ihre Schminkutensilien, Nagellack und Kleidung für diesen letzten Abend.

Lena hatte sich für ein schlichtes Kleid in einem dunklen Türkis kombiniert mit einer dunkelblauen Leggings entschieden. Sophia wollte anscheinend besonders auffallen. Sie hängte den Kleiderbügel mit ihrem Neon-Outfit an die Tafel.

„Oh", sagte Lena nur.

„Was meinst du mit *oh?*", fragte Sophia kampflustig.

Lena kannte ihre Freundin lange genug, um zu wissen, dass man an ihren Klamotten nicht rummäkeln sollte. Das sorgte nur für schlechte Laune, und letztendlich zog Sophia sowieso das an, was sie wollte. Also sagte Lena nur: „Ach, nichts weiter." Sie sah schnell auf ihre Uhr. „Hey, nur noch eine Viertelstunde, bis die anderen wiederkommen!"

Als die Engländer endlich eintrudelten, fingen Lena und Sophia ihre Austauschschülerinnen Kathy und Lynn auf dem Flur ab und brachten sie in ihren „Privatbereich".

„Wow, wie cool!", rief Kathy. „Das ist ja der Wahnsinn!" Sie flitzte zu ihrer Tasche und holte ihre Schminksachen und Klamotten raus.

Lynn hingegen ging schnurstracks zur Tafel und zeigte auf Sophias Outfit. „Was ist denn das für ein verrückter Fummel?", fragte sie und lachte.

„Das ist mein Outfit, wieso?", antwortete Sophia scharf.

„Weil ich nicht gedacht hätte, dass du sowas anziehst."

Sophia ging einen Schritt auf Lynn zu. „Was willst du denn damit sagen?"

Lynn kannte Sophia eben noch nicht so lange wie Lena, und außerdem war es ihr offensichtlich auch egal, wie Sophias Reaktion ausfiel. Sie blickte Sophia direkt in die Augen und sagte: „Naja, das Ding ist eben etwas spacig und außerdem ziemlich weit ausgeschnitten! In sowas Abgedrehtem hab ich dich noch nie gesehen. Sonst sind deine Outfits doch eher normal. Das meinte ich."

Sophia wurde laut. „Willst du damit sagen, dass ich eine Langweilerin bin?"

MAUERBLÜMCHEN

Lena war sich nicht sicher, aber es war wohl eine Mischung aus Lynns Ehrlichkeit, Sophias Empfindlichkeit und vielleicht auch einigen sprachlichen Missverständnissen, die dazu geführt hatten, dass die Situation so blitzschnell eskaliert war.

Lynn lehnte sich an die Tafel und hob beschwichtigend die Hände. „Nein, so war es nicht gemeint. Entspann dich. Ich dachte, wir wollen Spaß haben!"

Doch Sophia war keineswegs besänftigt und wandte sich an Lena. „Sagst du gar nichts dazu? Würde mich echt mal interessieren, was du zu der ganzen Sache zu sagen hast."

„Mich auch", nuschelte Lynn.

Kathy trat neben Lena und blickte sie mitleidig an.

Was sollte Lena jetzt machen? Natürlich nervte es sie auch, dass man Sophia gegenüber in manchen Dingen so vorsichtig sein musste, aber sie hatte sich daran gewöhnt und wollte keinen Streit provozieren, schon gar nicht am Abschiedsabend.

Sie biss sich nervös auf die Lippe. Bevor sie antwortete, schloss sie kurz die Augen, um sich zu konzentrieren.

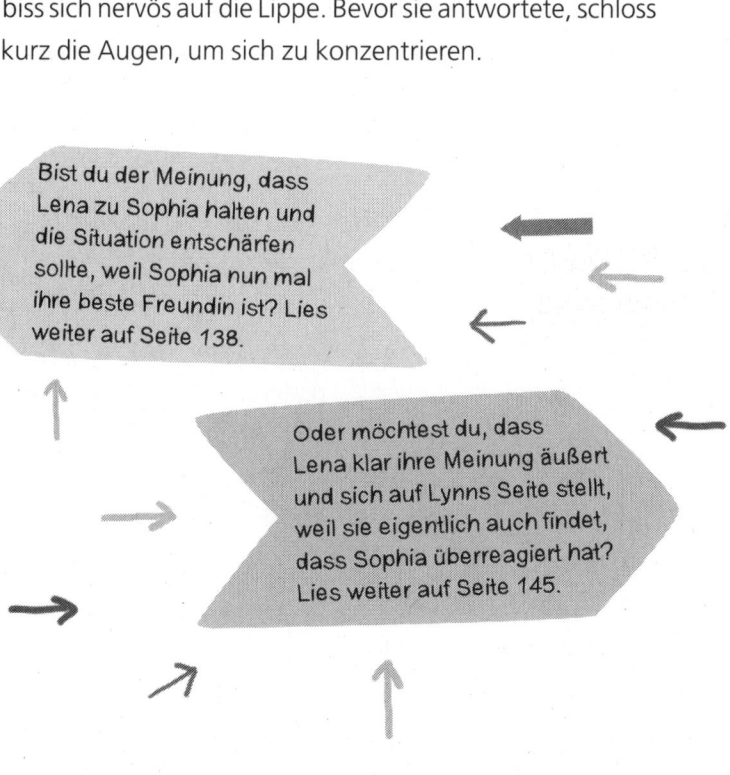

Bist du der Meinung, dass Lena zu Sophia halten und die Situation entschärfen sollte, weil Sophia nun mal ihre beste Freundin ist? Lies weiter auf Seite 138.

Oder möchtest du, dass Lena klar ihre Meinung äußert und sich auf Lynns Seite stellt, weil sie eigentlich auch findet, dass Sophia überreagiert hat? Lies weiter auf Seite 145.

Eine Party mit Hindernissen

„Ja, gut, also, ich zieh mich dann schon mal um. Mein Vater kommt auch bestimmt gleich wieder. Bis später!" Sie sprang auf und winkte ein bisschen zu heftig dafür, dass sie nur aus dem Wohnzimmer ging.

Den Rest des Tages verbrachte Lena damit, die Minuten zu beschwören, doch bitte schneller zu vergehen. Leider hatte es die fiese Zeit an sich, ausgerechnet dann stehen zu bleiben, wenn man es am wenigsten brauchte. Lena suchte sich ein Outfit für den Abend aus, zog es an, betrachtete sich von allen Seiten im Spiegel und feuerte die Klamotten dann doch wieder aufs Bett. Und so ging es weiter mit dem nächsten Outfit und mit dem übernächsten. Nichts gefiel ihr.

Bevor sie etwas Passables für die Party gefunden hatte, rief ihre Mutter sie zum Abendessen.

Am Tisch musste Lena sich ausnahmsweise gar nicht zwingen, nichts Peinliches zu sagen, denn sie wäre ohnehin nicht zu Wort gekommen. Riley und ihr Vater waren wieder beim Thema Fußball und diskutierten wie wild über vergebene Elfmeter. Leider wusste Lena mehr über Atomphysik als über diesen ganzen langweiligen Sportkram. Allerdings nur, weil sie vor Kurzem ein Referat über Kernumwandlungen schreiben musste, was aber sicher auch nicht der richtige Stoff für einen Themenwechsel war.

Ihre Laune sank immer tiefer in den Keller, als selbst beim Nachtisch noch Fußballernamen fielen, die sie noch nie gehört hatte. Es gab aber kleine Lichtblicke – obwohl Lena sich nicht ganz sicher war, ob sie es sich nur einbildete, dass Rileys Blick immer wieder kurz zu ihr herüberwanderte.

Als Lenas Mutter, die wie Lena ungewöhnlich still gewesen war, dann aber mit „So, Reili …" ansetzte, sprang Lena auf.

„Ich muss noch mein Zimmer aufräumen!"

Sie konnte es am Tisch einfach nicht mehr ertragen.

„Lena, nun lauf doch nicht ständig weg! Nimm Reili mit und zeig ihm dein Zimmer!" Lenas Mutter nickte ihm aufmunternd zu und deutete auf ihre Tochter.

Riley erhob sich zögerlich und folgte Lena in den Flur. Lena seufzte leise. Ihre Mutter konnte echt die Pest sein! Ihr fiel all der Mädchenkram ein, den sie in ihrem Zimmer ausgebreitet hatte, um ihn Riley – dem Mädchen, das jetzt ein Junge war – zu zeigen. Lena blieb im Türrahmen ihres Zimmers stehen und blockierte ihm die Sicht.

„Sorry, aber ich wollte eigentlich noch eine Überraschung für dich vorbereiten", flüsterte sie unsicher, doch Riley verstand sofort.

Er lächelte verschmitzt. „Oh, ja klar! Ich lass dich dann mal." Riley steuerte schnurstracks auf sein Zimmer zu.

Wie süß hatte das denn geklungen? Lena bekam ein schlechtes Gewissen, doch genau in diesem Moment rief Sophia an. *Endlich.*

„Hey, tut mir leid wegen vorhin."

Es tat so gut, die Stimme ihrer Freundin zu hören. „Kein Problem, vergessen wir das einfach. Läuft nicht so gut bei dir, oder?"

„Nee, irgendwie nicht. Gerade hat Lynn sich aufs Zimmer verzogen und ich bin in der Küche. Vorher hat sie die ganze Zeit geredet, aber ich hab kaum etwas verstanden. 😖 Was ist das denn für ein Akzent, den die haben? Sie ist in Birmingham aufgewachsen, hat sie erzählt, das hab ich aber erst begriffen, als sie mir die Stadt aufgeschrieben hat. Vorher klang es wie *Brim*. Und jetzt kann ich nicht in mein Zimmer, weil ich ja auch nicht stören will. Und zum Anziehen für später hab ich auch noch nichts. Also alles bombe. Wie läuft's denn bei dir?"

„Tja, was soll ich sagen? Ich verstehe das meiste, nur leider redet er ausschließlich über Fußball. Mit meinem Vater. Und wenn ich mal kurz mit Riley allein war, bin ich immer gleich ins Turbolabern verfallen. Ach ja, und dann hab ich ihn eben auch noch aus meinem Zimmer geschmissen."

„Oh, oh."

„Ja, genau, kennst mich ja. Wahrscheinlich denkt er mittlerweile, ich wäre nicht ganz dicht. Obwohl – er hat mich auch oft angelächelt."

„Aha." Sophia machte eine lange Pause. Plötzlich kicherte sie. „Vielleicht kannst du ja Lynn besser verstehen. Wir könnten doch tauschen!"

„Lass uns nachher erst mal treffen und alles zusammen abchecken, okay?"

„Ist gut. Und bis dahin – good luck."

„Dir auch. Gleich bei der Party ist dann bestimmt alles leichter – hoffe ich mal."

„Ja, wird sich zeigen. Bis dann!"

Je näher die Party rückte, desto sicherer war Lena sich, dass es ein lustiger Abend werden würde. Bestimmt würde sie sich unter all den Leuten dort mehr trauen und konnte Riley vielleicht näherkommen. Nach dem verkorksten Start konnte es nur besser werden.

Mit diesem neuen Schwung war es auch viel einfacher, ein Outfit zu finden. Lena entschied sich für eine enge dunkelblaue Jeans mit einem kurzen Kleid darüber, das der Farbe „Granatapfel" von allen ihren Oberteilen wohl am nächsten kam. Ob Riley das wohl auffallen würde? Immerhin hatte er sich für sie nach dem Trend erkundigt, obwohl er ein Junge war.

Haftete sein Blick einige Sekunden länger als normal an ihr, als Lena endlich aus ihrem Zimmer kam? Riley lehnte im Flur an der Wand in der Nähe der Garderobe und tippte etwas in sein Handy. Er hatte sich umgezogen, trug eine lässig sitzende Jeans und ein Shirt, das das Grün seiner Augen so sehr unterstrich, dass es fast blendete.

Lena musste sich zusammenreißen, um ihn nicht anzustarren.

„Wir fahren gleich los, mein Vater bringt uns hin."

„Okay." Riley nickte Lena zu, danach wanderte sein Blick wieder zu seinem Handy.

Schickt er schon Hilferufe in die Heimat?

Im Auto unterhielten sich Riley und Lenas Vater ausnahmsweise mal nicht über Fußball, sondern über die schönsten Ecken in London. *Immerhin besser, als wenn Ma gefahren wäre und wieder ihr peinliches „Englisch" rausgelassen hätte,* dachte Lena.

Lenas Vater parkte vor der Schule. „Viel Spaß, ihr beiden! Ich hole euch nachher wieder ab." Er winkte und fuhr los.

Glücklicherweise entdeckte Lena am Ende der Straße Sophia und Lynn, die gerade auf ihren Fahrrädern angefahren kamen. Sophia wohnte nicht weit von der Schule entfernt und war trotzdem oft zu spät. Heute nicht.

Die beiden Engländer kamen sofort ins Gespräch, das wie

ein erleichterter Singsang klang. Sophia rollte hinter Lynns Rücken die Augen.

„Mann, nun sei doch nicht so", flüsterte Lena ihr zu.

Lynn war sehr schrill angezogen. Sie hatte ihre sowieso schon zu Berge stehenden Haare mit Haargel bearbeitet und trug eine gelbe Bluse zu ihrem kurzen pinkfarbenen Rock.

Lena und Sophia gingen vorweg. Im Gang des Schulgebäudes trafen sie auf zwei größere Gruppen – eine mit ihren Klassenkameraden, die zweite bestehend aus Engländern. Bisher mischte es sich nicht wirklich. Auch Riley und Lynn steuerten sofort auf „ihre" Gruppe zu.

„Warum geht ihr denn nicht rein?", fragte Sophia Amelie aus ihrer Klasse.

„Naja, guck es dir doch mal an da drin. Nach Party sieht das jedenfalls nicht aus."

Lena zog Sophia hinter sich her in den Raum. Frau Gerland hatte von einer Überraschung gesprochen. Sollte sie das etwa sein? Im Klassenzimmer hatte sich praktisch nichts verändert, bis auf die Tatsache, dass die Tische weiter an die Wände geschoben und die Stühle gestapelt worden waren und dass auf einem Tisch Kekse, Chips und Karaffen mit Wasser und Apfelsaft neben Plastikbechern standen. Anscheinend gab es noch nicht mal Musik.

Sophia schnappte nach Luft. „Kein Wunder, dass alle auf dem Flur stehen, da ist es immer noch besser als hier drinnen."

Sie hörten Frau Gerland auf dem Flur. „Kommt doch alle

herein, bitte." Sie schwebte strahlend an Sophia und Lena vorbei, im Schlepptau die englische Lehrerin, und baute sich vor den Schülern auf. „Welcome und herzlich Willkommen in Bremen, nun auch offiziell, liebe Gäste! Wir freuen uns, dass wir eine spannende Woche zusammen verbringen werden!"

Die englische Lehrerin stellte sich als Miss Miller vor. Aufgeregt trippelte Frau Gerland hin und her. „Ich habe eine Überraschung für euch alle vorbereitet."

„Ja, das können wir sehen", flüsterte Sophia.

Frau Gerland schritt auf die Tafel zu, klappte sie auseinander und trat zur Seite, damit alle freien Blick auf eines ihrer sogenannten „Kunstwerke" hatten. Sie malte gerne Comics – nicht besonders gut, wie ihre Schüler fanden. Sie selbst sah das natürlich ganz anders. Das Bild aus bunter Kreide zeigte die Wahrzeichen von Bremen und London, dazwischen eine große Brücke und, als Clou, die Schüler beider Schulen, die aufeinander zugingen.

„*Das* soll die Überraschung sein? Das glaub ich einfach nicht!" Lena kriegte sich gar nicht wieder ein. „Also wenn *das* die Party nicht anheizt, weiß ich auch nicht!" Sie deutete auf einige der Engländer, die kicherten und flüsterten.

Immerhin holte Frau Gerland nun einen, wenn auch uralten, Gettoblaster aus dem Schrank und erklärte die „Party" für eröffnet.

„Wenigstens etwas", giftete Sophia.

Aber dann sahen sie zu ihrem Horror, dass Frau Gerland CDs aus ihrer eigenen Sammlung mitgebracht hatte. Es waren zwar englische Lieder, aber sie klangen wie die britische Version von Rolf und seinen Freunden.

Riley stand mit drei Freunden in der anderen Ecke des Raums.
„Wie ist er denn nun?", fragte Sophia.
„Keine Ahnung, ich hab mich noch kaum mit ihm unterhalten."
„Süß ist er jedenfalls." Sophia lehnte sich an die Wand. „Kommst du mit rüber? Lynn steht mit ihrer Freundin gleich daneben."
Die Freundinnen schlenderten zu ihren Austauschschülern hinüber – vielleicht auch nur, weil sie nicht wussten, was sie sonst machen sollten.
„Hey, na?", warf Lena in die Runde. Riley blickte auf und nickte bloß cool. *Was soll das denn jetzt? Hat er seine Sprache verloren oder was?* Trotzdem setzte Lena nach. „Und, wie gefällt euch das Bild?" Sie deutete mit dem Kopf in Richtung Tafel.
Rileys Freund kicherte, aber keiner antwortete. Dann redeten sie weiter, als wären Lena und Sophia nie aufgetaucht. Riley drehte ihnen sogar den Rücken zu und lachte laut über irgendeinen Witz, den sein Freund gerissen hatte.
„Da haben wir wohl beide den Jackpot gezogen, was?", kommentierte Sophia das Ganze trocken, als die beiden sich wieder entfernten, doch Lena war überhaupt nicht nach Lachen zumute. Riley hätte wenigstens antworten oder ihr seine Freunde vorstellen können. Okay, sie war zu Hause echt komisch gewesen, aber jetzt hatte sie es doch versucht.
Für den Rest des Abends tauschten Lena und Sophia die Rol-

len. Lena zog ein Gesicht und Sophia redete ohne Pause, um ihre Freundin aufzuheitern. Zum Glück war der „Partyabend" sowieso nur bis neun Uhr angesetzt, und Lenas Vater stand pünktlich vor der Schule, als eine Traube Schüler, darunter auch Lena und Riley, aus dem Gebäude strömte. Riley verabschiedete sich noch von seinen Freunden, indem sie die Fäuste gegeneinanderschlugen und dann mit den Fingern eine Explosion simulierten. Sophia, die Lena zum Abschied fest gedrückt hatte, steuert mit Lynn auf die Fahrräder zu.

Dieses Mal setzte sich Lena automatisch nach vorne ins Auto. Auf dem Hinweg hatte Riley dort gesessen, doch der ließ sich nichts anmerken.

„Na, wie war es denn?", fragte Lenas Vater. Er sah zuerst seine Tochter an und warf dann Riley einen Blick über den Rückspiegel zu.

„Der helle Wahnsinn", antwortet Lena, aber ihrem Vater entging offensichtlich die Ironie in ihrer Stimme.

„Das freut mich! Morgen machen wir ein schönes Familienfrühstück. Ich werde gleich nach dem Joggen Brötchen holen."

„Ja, super." Lena rollte heimlich mit den Augen.

Von der Rückbank kam eine fröhliche Stimme. „Ich freu mich drauf!", rief Riley in süßestem Englisch-Deutsch.

Aha, wenn er will, kann er also auch nett sein, dachte Lena. Trotzdem. Sie machte jetzt vorerst, wenn überhaupt, nur noch klitzekleine Schritte auf ihn zu.

Das von Lenas Vater groß angekündigte Sonntags-Familienfrühstück war zwar ganz nett, aber mehr auch nicht. Lena schaffte es tatsächlich, normal zu sprechen. Die Stimmung war viel lockerer als gestern, und Riley redete sogar von sich aus, aber er sprach Lena nicht direkt an.

Lena gab ihm die Chance, auf sie zuzugehen, indem sie sich nicht in ihrem Zimmer versteckte, sondern sich an „öffentlichen" Orten des Hauses aufhielt. Nicht dass es irgendwas nutzte – Riley schien an allem und jedem mehr Interesse zu haben als an ihr. Doch kurz bevor sie zum geplanten Ausflug ins Klimahaus Bremerhaven aufbrechen wollten, setzte Riley sich plötzlich direkt neben Lena auf die Küchenbank, als wäre es die normalste Sache der Welt. Er war so dicht neben ihr, dass sie seine Wärme spüren konnte. Sein Arm berührte ihren, und Lena spürte plötzlich jeden einzelnen Millimeter ihrer Haut. Machte er das extra?

„Eure Lehrerin ist lustig." Seine Augen blitzten.

„Ja, so kann man es auch nennen." Lena war inzwischen stocksauer auf Riley und wollte es ihm nicht so einfach machen. Es war schließlich nicht so, als hätte sie nur darauf gewartet, dass sich der feine Lord endlich dazu bequemte, sich mit ihr abzugeben. Aber Rileys Grinsen war derart ansteckend, dass es ihr nicht gelang, ein Lächeln zu unterdrücken.

„Sie malt ständig solche Comics und erwartet dann, dass wir sie toll finden."

Riley lachte. „Unsere Lehrerin nervt uns ständig mit ihrem

Chor, aber da will einfach kein normaler Mensch mitsingen, solange die nur so altmodische Lieder üben."

Konnte es eigentlich passieren, dass man in Augen hineingesogen wurde und nie wieder auftauchte? Lenas Hals pochte, und sie hoffte, dass ihr Gesicht nicht wieder Feuer fing. Zum Glück steckte in diesem Moment ihre Mutter den Kopf zur Tür herein. „Lena, kommt ihr?"

„Klar!", rief Riley und sprang auf. Er griff nach Lenas Hand und zog sie mit sich in den Flur, nur um sie dort sofort wieder loszulassen.

Lena wusste überhaupt nicht, wie ihr geschah. Sie griff etwas ungestüm nach ihren Schuhen, gerade als Riley sich runterbeugte, um etwas in seinen Rucksack zu legen. Riley bekam einen heftigen Stoß ab und kippte nach vorne, fing sich aber sofort wieder. Er richtete sich langsam auf und stand nun sehr dicht vor Lena. „Hey", flüsterte er. Lena bekam eine Gänsehaut. Er roch gut. Irgendwie frisch und zitronig.

„Hey, sorry", hauchte sie.

Sie sahen sich in die Augen, bis ein „So, letz fetz", von Lenas Mutter den Moment beendete.

Lena war die ganze Autofahrt über völlig durch den Wind. Was war da gerade im Flur passiert?

Vor der Schule stand schon der Bus bereit, der die Schüler nach Bremerhaven bringen sollte. Beim Aussteigen stellte Lena sich vor, wie sie gemeinsam mit Riley zu Sophia und den anderen gehen würde, doch der hechtete mit einem kurzen

„Danke" an Sophias Mutter gerichtet aus dem Auto. Er hatte es offenbar sehr eilig, zu seinen Freunden zu kommen, die schon im Bus saßen. Sophia und Lynn standen mit Amelie und deren Gastschwester Mary noch draußen und riefen Lena zu sich.

Sophia gab Lena ein Zeichen, sich einen Doppelsitz im Bus zu sichern.

Tja, Riley hat ja offenbar sowieso schon einen anderen Platz gefunden, dachte Lena.

Als alle im Bus saßen – Riley mit seinen Freunden irgendwo in der Mitte und Lena mit Sophia samt Lynn, Amelie und Mary in der letzten Reihe – standen Miss Miller und Frau Gerland vorne auf und berichteten vom anstehenden Ausflug. Lena hörte nicht richtig zu, weil sie immer wieder an Rileys Berührung und seinen Blick im Flur denken musste. Plötzlich hörte sie Frau Gerland fragen, zu wem Riley denn gehöre.

„Zu mir! Riley gehört zu mir!"

Alle Köpfe wandten sich zu Lena um. Sophia stieß ihr in die Seite und im Bus ging das Gelächter los.
Was sollte das denn jetzt? Lena dachte, dass Miss Miller vielleicht noch mal die deutsch-englischen Wohnpaare durchgegangen war.
„Sie hat gefragt: ‚Zu wem gehört der, zu dir, Riley?'"
Sophia zeigte auf einen Rucksack, den Frau Gerland noch immer hochhielt.

Verdammt. Lenas Gesicht brannte wie Feuer, auch noch lange, nachdem das Kichern abgeebbt war. Das war so ziemlich das Peinlichste, das sie je erlebt hatte. Riley lachte sich weiter vorne im Bus bestimmt halb schief. Wie sollte sie ihm jetzt noch unter die Augen treten?

Sophia redete die ganze Busfahrt über und tat so, als wäre gar nichts Wildes passiert, aber leider funktionierte das Ablenkungsmanöver nicht. Lena hatte das Gefühl, vor Scham im Boden versinken zu müssen.
Die Arktis im Klimahaus, das einen die Klimazonen der Welt mit allen Sinnen spüren ließ, half ihr zwar, sich abzukühlen, doch es herrschte nicht nur dort Eiszeit zwischen ihr und Riley. Er beachtete sie überhaupt nicht, scherzte stattdessen

mit seinen Freunden und tat selbst dann, wenn sie sich unauffällig in seiner Nähe aufhielt, so, als würde sie gar nicht existieren. Einerseits war es nach der peinlichen Aktion eben kein Wunder, dass Riley durch sie hindurchsah. Andererseits – auf der Party war es auch schon so gewesen. Kaum war er mit seinen Freunden zusammen, war Lena Luft für ihn. Oder machte sie sich einfach zu viele Gedanken?

Nach den ersten zwei Stunden im Klimahaus trommelte Frau Gerland alle zusammen. „Wir haben uns überlegt, dass Paare gebildet werden, die dann gemeinsam einige Fragen beantworten müssen. Wer innerhalb einer halben Stunde die meisten richtigen Antworten findet, gewinnt einen Preis. Miss Miller und ich würden es begrüßen, wenn ihr euch mit euren Gastschülern zusammentut."

Sophia verdrehte die Augen. Sie hatte wohl keine große Lust, mit Lynn auf Antwortenpirsch zu gehen. Und was den *Preis* betraf ... Bei Frau Gerland konnte man davon ausgehen, dass es sicher eine ihrer selbst gezeichneten Comicsammlungen war. Darauf konnte Lena echt verzichten. Und dass die Lehrerinnen es *begrüßen* würden, hieß ja nicht, dass sie ein Team mit Riley bilden *musste*. Trotzdem dachte sie unwillkürlich wieder an den Morgen und wie Riley einfach nach ihrer Hand gegriffen hatte ...

Wenn du möchtest, dass Lena auf Riley zugeht und sich traut, ein Team mit ihm zu bilden, lies weiter auf Seite 82.

Wenn du findest, Lena sollte Riley erst einmal die kalte Schulter zeigen und stattdessen Sophia fragen, lies weiter auf Seite 110.

Peinlichkeiten ohne Ende

„Mausi, wie sollen wir es denn nun machen?"

Oh, Mann. Erstens hatte Lena mit ihrer Mutter oft genug darüber gesprochen, dass sie in der Öffentlichkeit nicht „Mausi" genannt werden wollte. Und zweitens: Woher sollte sie das wissen? Lena wusste nur, wie sie es *nicht* machen wollte. Bisher hatte sie erst zweimal mit einem so gutaussehenden Jungen zu tun gehabt, und beide Male hatte sie es total vermasselt. Und dabei hatten die noch nicht mal bei ihr gewohnt. Trotzdem wollte sie die Situation natürlich so cool wie möglich meistern.

Riley setzte wieder dieses zuckersüße Lächeln auf. Lena spürte, dass sie nur Unsinn rausbringen würde, wenn er sie jetzt noch mal ansprach, und zwar eine Menge davon. Sie hasste ihr „kleines" Problem. Warum sprudelten die Worte nur immer so unkontrolliert aus ihr raus?

„Vielleicht gibt es ja jemanden, mit dem man tauschen könnte", sagte sie schließlich – ein bisschen wehmütig, aber es war bestimmt besser so. Sie vermied es, Riley anzusehen, obwohl er sie aufmerksam musterte.

Frau Gerland ging noch einmal ihre Liste durch und auch Miss Miller hatte sich dazugesellt.

„Naja, irgendeine Lösung müssen wir wohl finden. Ich bin an der ganzen Verwirrung wohl auch nicht ganz unschuldig. Ich habe Riley automatisch für ein Mädchen gehalten, als ich Miss Millers Liste bekam. Es war aber auch einfach zu schön, dass wir mal gleich viele Mädchen und Jungen auf beiden Seiten hatten." Frau Gerland richtete ihre Brille und warf Miss Miller einen entschuldigenden Blick zu.

Nun schaltete sich auch Lenas Mutter wieder ein. „Aber wie können wir die Sache jetzt lösen? Wir haben am Ende immer ein gemischtes Austauschpaar."

Mittlerweile waren alle Blicke auf Lena gerichtet. Peinlich. Sie wagte einen kurzen Blick auf Riley, der lässig mit den Schultern zuckte. Melanie aus Lenas Klasse näherte sich mit höchst gelangweiltem Gesicht, ihre Mutter und ein nett aussehendes Mädchen mit rötlichen Haaren im Schlepptau. Mit Melanie hatte Lena sonst überhaupt nichts zu tun, denn sie war ein ziemlicher Snob und Lena konnte mit ihrer affektierten Art nichts anfangen.

SO EINE GANS ...

Melanies Mutter hustete gekünstelt. „Kann ich irgendwie weiterhelfen?" Typisch. Auch ihre Tochter mischte sich gerne in Dinge ein, mit denen sie eigentlich gar nichts zu tun hatte. Frau Gerland rutschte die Brille wieder ein Stück die Nase runter, als sie sich schwungvoll umdrehte. „Oh, vielen Dank, Frau Mainard. Wir haben hier eine etwas unangenehme Situation zu lösen, denn von ihm", sie zeigte mit dem Finger auf Riley, den das aber keineswegs zu stören schien, „dachten wir, sie, also er, sei ein Mädchen."
Melanie drängte sich in den Vordergrund und musterte Riley mehrmals von oben bis unten. „Und du willst IHN nicht bei dir wohnen haben?", fragte sie und sah Lena an, als hätte die nicht mehr alle.
Ja, wollte Lena schreien, *ich weiß auch, dass das total idiotisch ist!* Aber sie bekam ja jetzt schon rote Flecken, wenn sie sich diesen gutaussehenden Typen bei sich zu Hause auf dem Sofa vorstellte. Wie würde sie erst durchdrehen, wenn er tatsächlich für eine Woche bei ihnen einzog und sie ihm morgens im Flur im Schlafanzug begegnete?
Sophia stellte sich neben Lena und streichelte über ihren Rücken. „Was ist hier denn los?"
„Riley ist ein Junge. Und Melanie steckt ihre Nase mal wieder in die Angelegenheiten anderer."
„Wie bitte?", fragte Sophia entgeistert.
Sophias Mutter, die es immer eilig hatte, war schon zur Drehtür vorgelaufen, Sophias Gastschwester Lynn an ihrer Seite.

„Kommst du jetzt, Sophia?", rief sie durch die halbe Halle, bevor sie durch die Drehtür verschwand.

„Ich geh mal lieber. Aber wir telefonieren nachher, ja?" Sophia schlurfte widerwillig zum Ausgang.

Melanie tuschelte noch immer mit ihrer Mutter, bis sie sich wieder an die anderen wandte. „Dann kann er doch bei uns wohnen. Wir haben drei Gästezimmer, davon kann er sich eins aussuchen. Mir ist das alles egal. Kathy kann auch bei dir wohnen." Mit einem kühlen Blick deutete sie auf das Mädchen, das zwischen Lena und Riley stand.

Lena war *einmal* in ihrem Leben sprachlos.

„Das wäre ja fantastisch! Was halten Sie davon?" Frau Gerland strahlte Lenas Mutter an.

Das war ja wieder klar. Lena wurde gar nicht erst mit einbezogen. Aber auch Lenas Mutter schien sofort von der Idee angetan. „Ja, prima!"

Frau Gerland wandte sich an Riley. „Bist du auch einverstanden?"

Riley und Lena tauschten einen kurzen Blick. „Ja, ist schon okay", antwortete er.

Bildete Lena sich das ein, oder klang er wirklich enttäuscht? Kathy jedenfalls wirkte sichtlich erleichtert. Das konnte Lena nur zu gut verstehen. Wer wollte schon Melanie-*schaut-mich-an*-Mainards Austauschschülerin sein? Dennoch konnte sie nicht umhin, Melanie auch ein bisschen dankbar zu sein. Denn wenn sie nicht eingesprungen wäre, hätte Lena Riley sicher nach spätestens einem Tag mit ihrem Dauergeplapper vertrieben. Obwohl ... jetzt war er Melanie ausgeliefert, und das war auch nicht gerade besser. Aber Jungs sahen das vielleicht anders, immerhin war sie eine Schönheit und die beiden würden ein fantastisches Paar abgeben. Er würde sich doch nicht in diese Kuh verlieben, oder?

Melanie verschwand mit ihrer Mutter und Riley, der sich noch mal zu Lena umdrehte, Richtung Parkhaus. Frau Gerland wollte noch irgendetwas wegen des Rückflugs am Schalter klären und Lena machte sich mit ihrer Mutter und Kathy auf den Weg nach Hause.

Kathy taute schon im Auto nach kürzester Zeit auf, erzählte von London und davon, wie sie fast den Flieger verpasst hätte. Erst war es zwar ein bisschen komisch, dass Lena noch nichts über Kathy wusste, aber spätestens als sich die beiden in Lenas Zimmer niederließen, wurde klar, dass das überhaupt kein Problem sein würde. Es fühlte sich so an, als würde Lena Kathy schon viel länger kennen. Ab und zu wollten Lena die passenden englischen

Vokabeln zwar einfach nicht einfallen, und Kathys Deutsch war auch nicht gerade flüssig, aber Kathy und Lena schafften es am Ende irgendwie immer, sich zu verständigen. Trotzdem wanderten Lenas Gedanken mehrmals zu Riley. Welches der drei *grandiosen* Gästezimmer er sich wohl ausgesucht hatte? Hoffentlich nicht gerade eins direkt neben Melanies Zimmer …

Aber Kathy war eine super Ablenkung und sie hatten so viel Spaß, dass die Zeit wie im Flug verging. Kathy betonte am späteren Abend mehrmals, wie gemütlich das Schlafsofa sei, bevor sie – einfach so und mitten im Satz – einschlief. Sie war offenbar echt erschöpft.

Lena war vom Einschlafen noch weit entfernt. Immer wieder sah sie Rileys strahlende Augen vor sich und erinnerte sich daran, wie sich ihre Blicke vorhin bei der Begrüßungsparty in der Schule getroffen hatten. *Irgendwas ist da zwischen uns gewesen,* war das Letzte, was Lena dachte, bevor auch ihr die Augen zufielen.

Der erste Tag mit den Engländern in der Schule begann mit einer von Frau Gerlands „besonderen" Aktionen. Sie hatte sich einige vermeintlich witzige Kennenlernspiele überlegt. Es war aber mit beiden Gruppen so voll im Klassenzimmer, dass Frau Gerlands Vorhaben, mehrmals die Sitzordnung zu ändern, irgendwann nur noch nervte. Gar nicht nervten hingegen die Momente, in denen Lena Riley nah war. An seinem Lächeln erkannte sie, dass er ihr den Tausch nicht übel genommen hatte. Außerdem schien er glücklicherweise nicht viel für Melanie übrig zu haben – und das, obwohl die sich offensichtlich brennend für ihn interessierte. Das waren gleich zwei gute Nachrichten. Lena war allerdings nicht die Einzige, die ein Auge auf Riley geworfen hatte. Immer wieder flogen sehnsüchtige Blicke der anderen Mädels aus Lenas Klasse in seine Richtung.

Auch Sophia verbarg nicht, dass sie Riley ziemlich niedlich fand. „Ich versteh immer noch nicht, dass du ihn abgegeben hast", neckte sie Lena, doch die zweifelte mittlerweile selbst an ihrem Verstand, so nett Kathy auch war.

„Ach, was soll's", erwiderte Lena gespielt cool. „Wir sind halt BFF und da brauchen wir keine Typen."

Aber so ganz stimmte das nicht. BFF hin oder her – Riley hätte ja trotzdem bei ihr einziehen können. Lena stellte sich seit gestern wieder und wieder vor, wie sie Riley ansprach und um ein Date bat. Lässig, locker und in perfektem Englisch natürlich.

Während Sophia die kleinen Lücken im dichten deutsch-englischen Terminplan von Frau Gerland mit Mädelsaktionen zu viert verplante, konnte Lena ihren Blick deshalb einfach nicht von ihm lassen.

Das letzte Kennenlernspiel auf Frau Gerlands Plan hieß „Jetzt oder nie". Frau Gerland erklärte die Regeln so umständlich, dass mindestens die Hälfte der Engländer aussah, als ob sie kein Wort verstanden hatten. Miss Miller übersetzte deshalb vorsichtshalber, wirkte dabei aber, als würde sie das Spiel eigentlich selbst nicht durchschauen. Es brach Unruhe aus.

„Am besten, wir beginnen einfach mal. Also, alle, deren Vorname mit einem der ersten sechs Buchstaben des Alphabets beginnt, stehen jetzt blitzschnell auf und setzen sich wieder hin."

Frau Gerland wollte das echt durchziehen. Was für ein Schrott. Nur Amelie aus Lenas Klasse stand auf, setzte sich aber schnell wieder, als sie sah, dass sie die Einzige war, die mitmachte.

„Oh." Frau Gerlands Brille machte sich wieder auf die Reise. „Dann probieren wir es jetzt mit Buchstabe sieben bis zwölf des Alphabets. Also, man muss schon ein bisschen mitden-

ken." Das sollte bestimmt witzig sein, klang aber verzweifelt.
G H I J K L ... Lena stand auf und ihr gegenüber erhob sich Riley. Nur die beiden waren aufgestanden – er grinste sie an und auch sie lächelte zu ihm rüber. Es war einige Momente ganz still im Raum. Vielleicht weil es in einigen Köpfen noch ratterte.

„Ihr könnt euch wieder setzen. Es reicht wohl auch für heute. Geht doch ruhig schon in die Pause und danach treffen wir uns wieder hier zum Deutschunterricht."

Lena wandelte wie in Trance zum Schulhof. In ihrem Bauch tanzten Schmetterlinge und sie konnte nur noch an Rileys grüne Augen denken.

„Lena, hörst du mir eigentlich zu?" Sophia stieß ihre Freundin an.

„Äh, ja, na klar!"

„Und?"

„Und was?"

„Von wegen zugehört, du hast geträumt! Wollen wir heute Nachmittag zu viert losziehen in die Stadt? Shopping, Kino, in ein Café oder so? Das wäre jetzt die letzte Möglichkeit, ab morgen sind die Tage total durchgeplant."

Lena beobachtete, wie Riley irgendetwas mit Melanie besprach. Was hatte er sie nur gefragt? Sollte Lena sich nicht doch mit ihm verabreden, wenn er schon nicht bei ihr wohnte? Aber auch dafür wäre heute die einzig richtige Chance, bevor sie jeden Tag auf Achse waren.

Sophia hatte Lenas Antwort gar nicht abgewartet, sie hatte einfach weitergeredet und sprudelte nur so vor Ideen. Da sie sich nicht besonders mit Lynn verstand, war es ihr wohl mehr als recht, wenn sie etwas zu viert unternahmen.

Lena aber war hin- und hergerissen. Einerseits hatte sie Lust auf eine Mädelstour – das würde sicher Spaß machen. Aber was war dann mit Riley?

Als das Ende des Schultages näherrückte, musste sie wohl oder übel eine Entscheidung treffen.

Während Mathe in der letzten Stunde hörte sie wie immer nicht besonders gut zu, heute aber aus anderen Gründen als sonst. Sie wägte ab, was sie tun sollte. Sollte sie mit Sophia und den anderen in die Stadt fahren? Oder sollte sie die Gelegenheit nutzen und Riley ansprechen?

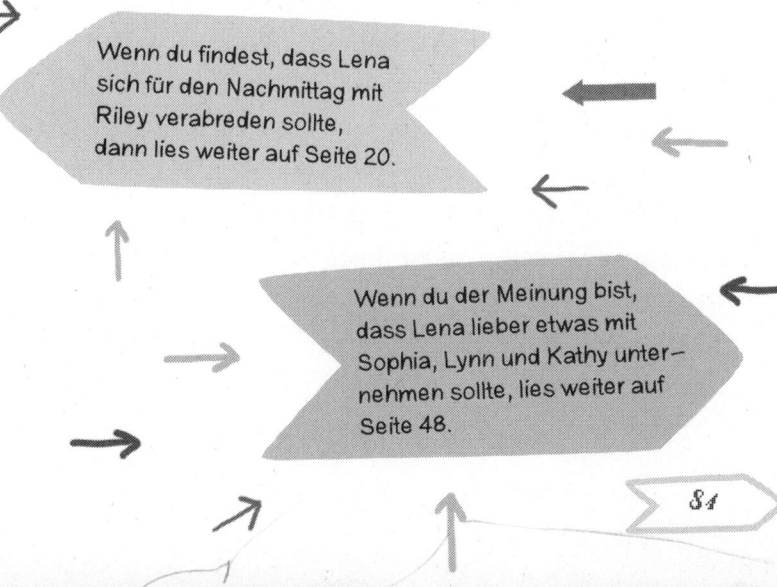

Wenn du findest, dass Lena sich für den Nachmittag mit Riley verabreden sollte, dann lies weiter auf Seite 20.

Wenn du der Meinung bist, dass Lena lieber etwas mit Sophia, Lynn und Kathy unternehmen sollte, lies weiter auf Seite 48.

Gar nicht so leicht

Eigentlich habe ich ja nichts zu verlieren, dachte Lena schulterzuckend. Peinliche Situationen mit Riley hatte sie mittlerweile genug erlebt, da kam es auf eine mehr oder weniger auch nicht an. Falls er sie jetzt wieder stehenließ, musste sie nur noch fünf Tage durchstehen, dann würden die Engländer sowieso wieder abreisen. Trotzdem hoffte sie natürlich, dass er mit ihr ein Team bilden wollte.

Lena atmete tief durch und richtete sich auf. Während die meisten anderen sich schon zusammengefunden hatten, ging sie auf Riley zu, der einige Meter entfernt neben seinem Freund Paul vor einem künstlichen See stand.

Riley blickte auf und lächelte Lena an. Das gab ihr Mut. „Na, wie sieht's aus? Wollen wir uns zusammentun?", fragte sie ihn.

Riley sah Paul fragend an, der ihm zunickte und verschwand.

„Paul hat mich auch gerade gefragt, aber schließlich sind *wir* doch das Wohnteam."

Und da war es wieder – dieses Glitzern in Rileys Augen. Er sah sie so intensiv an, als wäre sie für ihn die einzige Person im Raum.

Lena lächelte. „Stimmt."

Frau Gerland, die zwischen den Schülern auf und ab ging, verkündete die Aufgabe. „Also, ihr müsst so viele Klimaschutztipps schriftlich zusammentragen, wie ihr nur könnt. Die Zeit läuft ab jetzt. Und denkt an den Preis!" Das Wort „Preis" betonte sie dabei derart, dass man meinen konnte, die Königin von England würde als Belohnung für den Sieger ihre Kronjuwelen persönlich vorbeibringen.

Sofort brach Hektik aus. Sophia und Lynn waren eines der wenigen Paare, die sich nicht sofort von Samoa über Alaska bis nach Kamerun verteilten. Sophia stand nämlich noch immer mit hochgezogenen Augenbrauen vor Lynn, hörte ihr angestrengt zu und verstand wahrscheinlich überhaupt nichts.

Riley holte einen kleinen Block aus seinem Rucksack. „Okay, wo sollen wir anfangen?" In seinem Gesicht flackerte Ehrgeiz auf. Und dann griff er wieder nach Lenas Hand. Einfach so! Lena spürte ein Kribbeln, das durch ihren ganzen Körper lief, hatte aber keine Zeit, darüber nachzudenken, denn Riley zog sie mit sich.

„Da vorne war doch so ein CO_2-Terminal. Da können wir uns

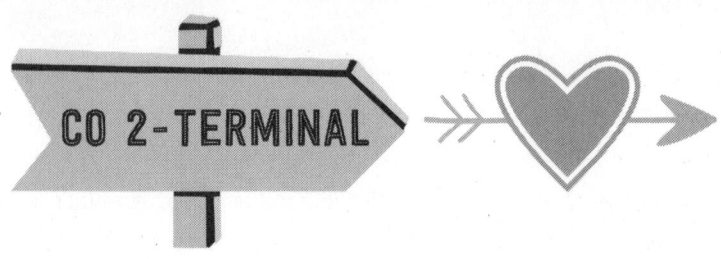

CO 2-TERMINAL

alles Mögliche ausrechnen lassen, was und wie man zum Klimaschutz beitragen kann. Komm!"

Bevor Lena so richtig wusste, wie ihr geschah, standen sie an dem Gerät, das aussah wie ein Fotodrucker.

„Hier, wir können ein eigenes Klimakonto anlegen." Riley war richtig aufgedreht.

Lena auch, aber aus anderen Gründen. Die Rallye war ihr egal. Aber weil Riley sie die ganze Zeit so anstrahlte, sprang sein Enthusiasmus schließlich auch auf sie über. Sie hatte viele Ideen, die Riley begeistert notierte. Am Ende hatten sie eine lange Liste mit Einsparungsmöglichkeiten für ihre CO_2-Bilanz in den Bereichen Einkaufsverhalten, Reisen und Ernährung. Obwohl: So hektisch, wie Lena atmete, trug sie gerade wohl eher zu einem drastischen CO_2-Anstieg bei.

Juhuuuuuuuu!!!!!!!

„Super!", rief sie ein bisschen zu schrill. „Und wir sind noch voll in der Zeit."

„Na, dann los!"

Dieses Mal nahm Riley nicht Lenas Hand, grinste sie aber zum Dahinschmelzen süß an und deutete auf den Gang, der zu

Frau Gerland zurückführte. Lena hoffte, dass sie früh genug dran waren, um noch ein bisschen Zeit allein zu haben, bevor der Rest der Gruppe zurückkehrte, aber leider waren auch ein paar andere Teams bereits wieder da. Riley überreichte Frau Gerland, die schon mit dem Auswerten begonnen hatte, die Liste.

„Fingers crossed!", sagte er und fiel Lena um den Hals, doch dann drehte er sich ohne ein weiteres Wort um und ging zu Paul, der mit gelangweiltem Gesichtsausdruck an einer Wand lehnte.

Lena wusste nicht so recht, was sie von alledem halten sollte, aber in diesem Moment hechteten Sophia und Lynn um die Ecke und auf Frau Gerland zu. Zum ersten Mal sah es so aus, als würden die beiden Spaß haben.

„Wir sind unschlagbar, das absolute Top-Team!", rief Sophia und zwinkerte Lynn zu.

„Ha, das hättet ihr wohl gern! Reines Wunschdenken, sag ich da nur. Riley und ich haben das Feld von hinten aufgeräumt", witzelte Lena und lachte so laut, dass Riley zu ihr rüber sah und mitlachen musste – auch wenn er offensichtlich gar nicht wusste, worüber die Mädchen geredet hatten.

Nach und nach kamen alle Teams zurück. Eine kleine Ewigkeit später richtete sich Frau Gerland endlich auf und räusperte sich.

„Also! Ich bin positiv überrascht von euren tollen Ergebnissen! Ihr habt höchst interessante Vorschläge erarbeitet. Was den Preis angeht: Es war ein Kopf-an-Kopf-Rennen." Sie ließ ihren Blick von Riley zu Sophia huschen.

„Das Gewinnerteam bekommt eine Spezialanfertigung einer Künstlerin" – wieder räusperte sie sich – „und zwar ein gemeinsames Portrait als ganz besondere Erinnerung."

Lena platzte fast vor Anspannung. Ausnahmsweise mal hatte Frau Gerland mit ihren „Malkünsten" voll ins Schwarze getroffen. Das wäre der perfekte Preis für sie und Riley!

„Und die Gewinner sind … Sophia und Lynn! Herzlichen Glückwunsch!"

Mist. Lena nahm Blickkontakt zu Riley auf, der ihr einen enttäuschten Blick zuwarf, dann aber mit den Schultern zuckte und sich sofort wieder Paul zuwandte.

„So, ihr habt jetzt noch eine Stunde zur freien Verfügung, bis der Bus uns wieder abholt", fuhr Frau Gerland fort. „Findet euch pünktlich um 15 Uhr vor dem Ausgang ein. Das Siegerteam bitte zu mir."

Sophia und Lynn strahlten übers ganze Gesicht. *Mann, das ist doch nicht der Worldcup, den sie da gewonnen haben. Nur eine dumme Rallye.*

Riley war schon mit Paul wohin auch immer aufgebrochen, wie die meisten, die scheinbar einen Plan hatten, wie man die verbleibende Zeit hier nutzen konnte. Lena hatte gehofft, dass Riley auf sie warten würde, und hatte plötzlich zu gar nichts mehr Lust. Sie suchte sich eine Bank vor einem großen Aquarium mit bunt schillernden Fischen. Eigentlich war deren Leben viel einfacher, dachte Lena. Wenn man nicht sprechen konnte, gab es auch keine Missverständnisse.

Während der Rückfahrt tat Lena im Bus so, als wäre sie eingeschlafen. Lynn redete die meiste Zeit und Lena verstand jetzt, was Sophia gemeint hatte – Lynn war wirklich kaum zu verstehen. Sophia hatte sich aber anscheinend mittlerweile daran gewöhnt, denn sie warf ab und zu etwas ein.

Lena war erleichtert, dass der Tag langsam zu Ende ging.
Beim Abendessen berichtete Riley vom Tag und der Rallye. Dabei zeigte er stolz auf Lena, als er von ihren Ideen am CO_2-Terminal erzählte. Irgendwann begann er zu gähnen, brachte höflich seinen Teller zur Spüle und verabschiedete sich ins Bett.

„Ja, sleep goot!", rief Lenas Mutter Riley noch hinterher.
Lena folgte ihm in den Flur, nur bog sie in die andere Richtung zu ihrer Zimmertür ab.
„Lena?" Riley hatte sich noch mal umgedreht. Jetzt kam er auf sie zu bleib dicht vor ihr stehen.
„Ja?" Lena war sich seiner Nähe sehr bewusst. Sie betrachtete seine Haare, die gerade eben eine Länge erreicht hatten, dass sie sich leicht kräuselten. Plötzlich hatte sie das Bedürfnis, die Hand auszustrecken und sie zu berühren.
„Es war schön heute. Gute Nacht, Lena", sagte er mit ganz sanfter Stimme.
Das „Nacht" hatte wie „nackt" geklungen. Er lächelte sein süßes Riley-Lächeln, drehte sich um und schloss die Tür hinter sich. Lena wartete noch eine Weile unschlüssig an ihrer Tür, verschwand dann aber auch ins Bett.

Auch die nächsten Tage waren ein einziges emotionales Auf und Ab. In der Schule, während der Ausflüge und Pausen, benahm sich Riley Lena gegenüber mal aufmerksam, mal abweisend. Immer, wenn seine Freunde in der Nähe waren, schien er an ihnen mehr Interesse zu haben als an ihr. Zu Hause und in Momenten, in denen sie allein waren, lächelte er sie aber ständig an, suchte ihre Nähe und wollte sich mit ihr unterhalten.
Natürlich war Sophia Lenas Verwirrung nicht entgangen.
„Mann, ihr wohnt doch schließlich in einem Haus! Geh doch

einfach mal zu ihm und sag ihm, naja, was auch immer du ihm sagen willst!"

Wenn das so einfach wäre. Erstens war sich Lena nicht sicher, was sie von Rileys Benehmen halten sollte – mochte er sie überhaupt oder bildete sie sich das zwischen ihnen einfach nur ein? Und zweitens hatte sie immer noch Angst, womöglich wieder nur Mist von sich zu geben, wenn sie ihn ohne einen konkreten Anlass ansprach. Klar wollte sie gern mehr Zeit mit ihm verbringen, aber sie wusste einfach nicht, wie sie es anstellen sollte.

Einen Abend vor der Abschiedsparty nahm Lena ihren ganzen Mut zusammen. Sie klopfte an Rileys Tür.

„Ja?", kam die Antwort, und Lena fiel wieder mal auf, wie sehr ihr Rileys tiefe und dennoch weiche Stimme gefiel.

„Äh, hallo." Sie stand im Türrahmen und trat von einem Fuß auf den anderen.

Riley, der auf dem Sofa saß und gerade etwas in sein Handy eingegeben hatte, deutete auf den Platz neben sich. „Schön, dass du mich mal besuchst!"

Was? Er freute sich! Warum war Lena denn nicht schon eher hergekommen? Aber er hätte doch auch zwischendurch oder abends mal zu ihr rüberkommen können, anstatt sich immer im Wohnzimmer mit ihrem Vater zu unterhalten!

Lena dachte an die Abreise der Engländer in

nur zwei Tagen und Sophias Worte „Sag ihm, was du denkst" erschienen wie in Leuchtschrift vor ihrem geistigen Auge.
„Schade, dass die Zeit schon fast rum ist."
Riley seufzte. „Ja, find ich auch."
„Ich, ähm, also, ich freu mich auf die Abschiedsfeier! Dieses Mal bereiten wir Schüler sie vor und dann wird es auch eine richtige Party."
Bildete Lena es sich nur ein oder rückte Riley ein Ministückchen näher an sie heran? Sie spürte, dass sich vor Unsicherheit ein grässlich unsinniger Redeschwall in ihr aufbaute wie ein Geysir. Es gab nur zwei Möglichkeiten: zulassen oder flüchten.
„Ja, dann, super, schlaf schön, ja?" Sie sprang auf, schaute noch mal zu Riley, der seine Augenbrauen fragend hochgezogen hatte, hechtete auf den Flur und schloss die Tür hinter sich – leider so laut, dass es wie ein Zuschlagen klang. In ihrem Zimmer angekommen, ärgerte sie sich, dass sie wie ein Idiot aus dem Zimmer gerannt war. Irgendwie ging bei ihr immer alles schief …
Da die Engländer am nächsten Tag allein einen Ausflug machten, blieb jetzt nur noch eine Möglichkeit, die Sache mit Riley rauszureißen: die Abschiedsparty.

„Nicht so viele Luftschlangen! Das sieht ja aus wie auf einem Kindergeburtstag!" Sophia und Amelie zickten sich schon die ganze Zeit an, weil ihre Vorstellungen, wie der Raum für die Party geschmückt werden sollte, sehr weit auseinandergingen.

Lena und ihre Klassenkameraden, vor allem die Mädchen, waren seit fünf Uhr dabei, den Raum umzugestalten. Nach dem Ausflug der Engländer sollte der Bus sie direkt zur Schule bringen, wo ab sieben die Party steigen sollte.

★ **PERFEKT** ★

PARTY

Lena hatte am Mittag eine Ewigkeit mit Sophia telefoniert, bis sie endlich ihr perfektes Outfit zusammengestellt hatte. Sie trug ein smaragdgrünes enges Oberteil, das perfekt zu Rileys Augen passte. Insgeheim hoffte sie, heute Abend wenigstens noch mit Riley zu tanzen. Wenn ihr sein zitronigfrischer Geruch in den Sinn kam, trat sie in Gedanken sehr nah an ihn heran und stellte sich sogar vor, wie sie sich küssten. Diese Möglichkeit schien in Anbetracht dessen, wie die Woche gelaufen war, aber Lichtjahre entfernt.

Als die erste Gruppe der englischen Schüler ausgelassen lachend ins Klassenzimmer kam, erstrahlte der Raum in vollem Partyglanz. Eine große Musikanlage stand auf dem Lehrerpult und lief bereits, ein Buffet mit Baguette, Salaten und Bowle war an der Fensterseite aufgebaut, und bis auf ein paar herumstehende Stühle gab es massig Platz zum Tanzen. Lena fand, dass sie und ihre Klasse gute Arbeit geleistet hatten. Als nun auch Riley und Paul durch die Tür kamen, stellte Lena sich so lässig wie möglich zu Sophia. Lynn kam sofort zu ihnen, Paul gesellte sich zu seinen Kumpels in der gegenüberliegenden Ecke.

„Kommt, wir gehen mal zu den anderen rüber!" Sophia und Lynn folgten Lena, die direkt auf Riley zuging.

„Na, wie war euer Tag?", fragte Lena und sah Riley dabei direkt in die Augen.

Paul grinste nur.

„Nett!", antwortete Riley. Und das war auch schon alles.

Lena wollte ihn nicht so schnell von der Angel lassen und setzte zu einer weiteren Frage an, doch in diesem Moment hechtete eine Gruppe Engländer auf die Tanzfläche.

Paul versetzte Riley einen Stoß in die Rippen und die beiden Jungs folgten den anderen. Irgendwie wirkte es wie eine Flucht.

Es wäre so einfach gewesen, Lena mitzunehmen, aber nein. Sie versuchte, sich zu überwinden und mitzumachen, aber es tanzten nur Engländer mit schrägen Bewegungen zu irgendwelchen Elektropop-Songs, zu denen Lena schon beim Trockenüben am Rand absolut keine Schritte einfielen.

Die nächste Stunde hielt sie sich in der Nähe des Buffets auf und stürzte sich auf die *Mousse au Chocolat,* die Sophia beigesteuert hatte.

„Wollen wir tanzen?", fragte Sophia mehrmals, aber Lena winkte jedes Mal ab.

Die Zeit verging viel zu schnell und nichts Aufregendes passierte. Lena unterhielt sich, trank Fruchtbowle und tanzte schließlich doch noch etwas, aber den Weg zu Riley fand sie nicht. Und er schon gar nicht zu ihr. Es sah so aus, als hätte er auch ohne sie jede Menge Spaß.

Später am Abend legte der DJ ruhigere Musik auf. Lena überlegte gerade, ein bisschen frische Luft zu schnappen, da kam Riley auf sie zu. Sie drehte sich um, weil sie erst dachte, er meinte jemanden, der hinter ihr stand, aber da war niemand. Riley hatte wieder dieses Blitzen in seinen Augen. Er legte kurz den Kopf zur Seite, sah Lena fragend an, griff dann ihre Hand und zog sie sanft zur Tanzfläche. Lenas Herz wummerte wie wild. War das hier echt? Oder träumte sie?

Sie nahm Rileys zitronigen Duft wahr und spürte seine warme Hand auf ihrem Rücken. Neben der Tür sah sie Paul, der seinen Daumen in die Höhe hielt und grinste.

Lena hätte gerne für immer so weitergetanzt, doch leider

war nach einigen ruhigen Liedern die Party vorbei. Und irgendwie wurde Lena das Gefühl nicht los, wirklich etwas verpasst zu haben mit Riley. Jetzt, in der letzten Stunde des letzten Abends, waren sie sich endlich nähergekommen. Das hätte viel eher so sein können! Oder?

Das Prickeln hielt auch auf der Rückfahrt im Auto an. Diesmal saßen sie beide auf der Rückbank. Riley warf ihr immer wieder Blicke von der Seite zu. Und dann wanderte plötzlich seine Hand wie selbstverständlich zu ihr herüber. Er legte sie auf ihre und Lena wünschte sich, dass genau in diesem Moment die Zeit stehen bleiben würde. Sogar die Kommunikationsversuche ihrer Mutter („Ach, how schade, Reili, sett you lieff us morgen") störten sie nicht.

Auf dem Flur kam Riley dann auf Lena zu, fasste sie am Arm und küsste sie sanft auf die Wange, bevor sie in ihre Zimmer gingen. Dort saß Lena auf ihrem Bett und ihr Herz klopfte auch zehn Minuten später immer noch wie verrückt. Jedes Mal, wenn Riley sie berührte, setzte ein Riesenschwarm Schmetterlinge in ihrem Bauch zum wilden Glücksflug an. Sie hätte vor Glück fast platzen können.

Plötzlich hörte sie ein Geräusch im Flur und stand auf. Ein Zettel war durch den Spalt unter ihrer Tür geschoben worden. Lena klappte das Blatt Papier auf, ihre Hand zitterte leicht. Riley hatte sich viel Mühe gegeben mit seiner Handschrift.

Liebe Lena,
wollen wir in London zusammen shoppen gehen?
Würde mich freuen!
Danke für alles.
Ich schreib dir das auf, weil es morgen am Flughafen vielleicht etwas hektisch wird. Und ich mich vielleicht nicht traue, dir zu sagen, was ich für dich empfinde.

xxx, Riley.

Lena hielt den Zettel eine Weile fest an sich gedrückt, bevor sie ihn unter ihr Kopfkissen legte. In London mussten sie beide „einfach" mutiger sein. Und bevor sie einschlief, stellte sie sich vor, wie Riley und sie Hand in Hand durch Londons Straßen liefen.

Wie im Film

„Ich freue mich schon darauf. Und du?", fragte Lena kurzerhand.
„Ja, das wird bestimmt lustig!"
Na also. Er hatte sie doch verstanden. Riley machte einen geheimnisvollen Gesichtsausdruck. „Ich hab übrigens noch etwas mitgebracht."
„Ja? Was denn?"
„Gastgeschenke. Kommst du mit?"
Lena nickte aufgeregt und folgte Riley in sein Zimmer. Er kniete auf dem Boden und kramte in seiner Reisetasche. Lena spürte, wie sich vor Aufregung eine Gänsehaut an ihren Armen bildete. Sie setzte sich zu ihm.
„Hier!" Riley überreichte Lena eine kleine Box.
Sie öffnete den Deckel und staunte: In der Schachtel waren drei verschiedene Nagellacke. Einer in der Farbe Granatapfel,

einer mit Glitzer und der dritte in einem tiefen Lila. Noch nie hatte ein Junge ihr Nagellack geschenkt! Er hatte wirklich ernst genommen, was sie geschrieben hatte, obwohl sie da doch noch dachte, er sei ein Mädchen. Sie sah in Rileys smaragdgrüne Augen. Er saß einfach nur da und grinste.

„Danke!", rief Lena etwas schrill. „Das ist total süß von dir!"
„Freut mich, dass sie dir gefallen!", antwortete Riley. Dabei leuchteten seine Augen so sehr, dass Lena das Gefühl hatte, darin zu versinken.
Irgendetwas passierte in diesem Moment zwischen ihnen, und Lena hätte schwören können, dass Riley es auch bemerkte.
Sie lächelte und hielt die Fläschchen hoch. „Dann suche ich

mal das passende Outfit dazu aus, okay?" Und schon war sie aus der Tür und in ihr Zimmer verschwunden. Nur dass sie diesmal vor Glück strahlte.

Als sie einige Zeit später wieder ins Wohnzimmer kam, saß Riley allein auf der Couch und blätterte in einer Zeitschrift. Er blickte zu ihr hoch und seine Augen weiteten sich. Ganz offensichtlich gefiel ihm, was er sah.

Lena wurde plötzlich ganz unsicher, aber irgendwie war es für sie auch eine Bestätigung, dass Riley sie so anstarrte. Immerhin hatte sie die letzte Stunde damit zugebracht, gefühlte zwanzig Outfits auszuprobieren und sich im Bad zu stylen.

„Du siehst ... wow ... einfach super aus", stotterte Riley.

Lena setzte sich dicht neben ihn. „Schau mal, der Nagellack passt perfekt zu meinem Kleid", sagte sie und hielt ihre Fingerspitzen an den granatapfelroten Stoff.

Riley griff nach ihrer Hand und berührte vorsichtig ihre Finger. Dabei lächelte er. „Dann kann heute Abend ja nichts mehr schiefgehen", sagte er.

Zum Glück musste Lena darauf nichts erwidern, denn in diesem Augenblick rief ihre Mutter: „Seer you are, it's schon late, you must los, Papa, also my man, will drive you!"

Lena und Riley grinsten sich an und sprangen gleichzeitig auf.

Im Auto hatte Lena das Gefühl, als würde Riley die ganze Zeit zu ihr herüberschauen. Irgendwie traute sie sich aber nicht, ihn direkt anzusehen.

Auch auf der Begrüßungsparty, die leider Frau Gerland allein organisiert hatte und die deshalb keine richtige Party war, hielt Riley sich die meiste Zeit, wenn auch unauffällig, in Lenas Nähe auf. Ein paar Mal, wenn sie seinen Blick erwiderte, schaute er sofort zu seinen Freunden und mimte den Coolen, doch das störte Lena überhaupt nicht. Denn gleichzeitig schien Riley jede Gelegenheit zu nutzen, sie wie zufällig zu berühren. Am Buffet in der Schlange, wenn sie in einem Grüppchen nebeneinander standen, beim Einsteigen ins Auto, als Lenas Vater sie abholte … Wenn da nur nicht Sophias komische Blicke gewesen wären. Aber damit wollte Lena sich jetzt wirklich nicht auseinandersetzen. Nicht, wenn Riley alles war, woran sie denken konnte.

Das wird eine geniale Woche, dachte Lena mit einem Lächeln auf den Lippen, als sie später in ihrem Bett lag. Und Rileys strahlend grüne Augen waren das Letzte, was ihr vor dem Einschlafen durch den Kopf ging …

Die nächsten Tage ging es mit Riley und Lena so weiter wie auf der Party: Manchmal benahm er sich irgendwie komisch, aber die meiste Zeit klebte er praktisch mit seinen Blicken an ihr. Und Lena genoss jeden Augenblick.

Am meisten von allen Aktionen auf dem Programm freute sie sich auf die Hafenrundfahrt. Sie stellte sich vor, wie sie zusammen mit Riley an der Reling stand und das Boot dem Sonnenuntergang entgegenfuhr.

Am Abend vor dem Ausflug konnte Lena nicht einschlafen. Sie griff zum Handy, formulierte die Nachricht an Sophia aber mehrmals um. Ihre beste Freundin war in den letzten Tagen irgendwie komisch gewesen.

```
Hallo, Sophia. Bist du noch wach? Ich kann wieder nicht einschlafen. Freue mich total auf morgen! Wie war der Abend mit Lynn?
```

Sophia übertraf sogar ihre obligatorische Viertelstunde, die es immer dauerte, bis sie antwortete. Nach über dreißig Minuten kam endlich eine Antwort.

```
Hi, Lena. Ich freue mich nicht unbedingt auf morgen. Mit Lynn und mir ist noch immer nicht viel los. Ich verstehe sie nicht gut, und obwohl sie das merkt, redet sie so viel. Ich vermisse dich. Wie läuft es mit Riley?
```

Da musste Lena nicht lange überlegen.

```
Es läuft super. 👍 Er ist einfach toll. Heute haben wir nach dem Abendbrot rumgealbert. Sein Lachen ist so süß und überhaupt, diese Augen!!
```

Lena schwelgte in ihren Erinnerungen, allerdings wurde ihre Stimmung schlagartig gedämpft, als sie Sophias Antwort las.

```
Schön für dich. Bis morgen. Gute Nacht.
```

Hä? War Sophia jetzt eingeschnappt? Weil Lena sich mit Riley gut verstand und Sophia sich nicht mit Lynn? Weil sie sich im Moment nicht so oft sahen wie sonst? Oder war Sophia eifersüchtig? Vielleicht hätte Lena doch länger nachdenken sollen, bevor sie die Nachricht abschickte. Die nächsten Tage würde sie etwas sensibler im Umgang mit Sophia sein. Wenn sie eins nicht wollte, dann war das Stress mit ihrer besten Freundin. Besonders nicht, weil es schon einmal vorgekommen war, dass sie wegen eines Typen mit Sophia gestritten hatte. Danach hatten die beiden beschlossen, es nie wieder so weit kommen zu lassen. Aber sollte man sich nicht für seine Freundin freuen, wenn die jemanden fand, der zu ihr passte? Lena grübelte noch lange, bis irgendwann Riley und Sophia in ihrem Kopf kreisten wie in einem Karussell, das einen schwindelig machte.
Viel zu spät schlief Lena endlich ein, aber auch die kurze Nacht und ihre Sorgen wegen Sophia schmälerten ihre Vorfreude auf den Ausflug nicht wirklich.
Riley war beim Frühstück vor der Abfahrt zum Schiffsanleger anzumerken, dass er sich ebenfalls auf den Tag freute. Er hatte Lena morgens schon auf dem Flur angestrahlt.

Die Sonne hatte anscheinend Wind davon bekommen, dass es für alle schön wäre, beim Ausflug gutes Wetter zu haben. Sie strahlte vom blauen Himmel herab und ließ keine Wolken neben sich zu. In der warmen Frühlingsluft konnte man gar nicht anders, als gute Laune zu bekommen.

Lenas Mutter brachte Lena und Riley direkt zum Steg an der „Schlachte", der historischen Uferpromenade an der Weser, die Lena so liebte.

„Wow! Hier ist es wirklich schön!", rief Riley und steuerte auf seine Freunde zu, um sie zu begrüßen.

Am Anleger warteten bereits verschieden große Schülergrüppchen. Sophia lehnte ganz vorne an einem Poller, neben ihr Amelie aus Lenas Klasse sowie Lynn und Amelies Gastschwester Mary.

Lena ging schwungvoll auf ihre Freundin zu. „Hey!"

Sophia musterte Lena, die schon befürchtete, es würde eine Schlechte-Laune-Attacke folgen, doch dann lächelte Sophia verschmitzt. „Na, doch noch gut eingeschlafen?"

„Naja, es geht. Wollt ihr als Erste oben sein oder warum steht ihr hier ganz vorne?"

„Na klar, wir wollen die besten Plätze!", antwortete Amelie, die ihre neue Spiegelreflexkamera dabei hatte.

Und tatsächlich – als ein matrosenmäßig aussehender Mann die Absperrung löste, liefen Amelie und Sophia als Erste die Rampe hoch. Lena blickte sich zu Riley um. Er stand mit einer Gruppe Engländer weiter hinten. Lena ließ sich unauffällig ein

Stückchen zurückfallen, legte aber wieder einen Zahn zu, als Sophia ihr etwas ungeduldig von der Reling aus zuwinkte.

Sophia hatte Lena einen Platz mit im doppelten Sinne bester Aussicht freigehalten. Erstens bot er freie Sicht aufs Wasser und zweitens einen guten Blick auf Riley, der mit seinen Freunden Paul und Brian eine rückwärtsgerichtete Reihe gewählt hatte. Während der Fahrtwind Lenas Haare zerzauste, die Möwen kreischten und die historischen Gebäude an ihr vorbeiflogen, nahm sie immer wieder Blickkontakt zu Riley auf. Der gab ihr nach einer Weile ein Zeichen – er deutete auf den vorderen Bereich des Bootes, wo nur wenige Leute Platz hatten, hinter einem Rettungsboot.

Sophia fachsimpelte mit Amelie gerade über den perfekten Winkel in der Fotografie.

„Ich schau mich mal ein bisschen um", sagte Lena und stand auf. Sophias Blick folgte ihr kurz, dann vertiefte sie sich wieder ins Gespräch mit Amelie.

Riley wartete am Bug. Ein Windstoß fuhr durch sein braunes Haar und seine Augen funkelten mit dem Wasser um die Wette. Gerade fuhren sie unter einer Brücke durch, auf der eine Straßenbahn ratterte.

Riley und Lena genossen schweigend die Aussicht. Kam er ihr nach jeder Brücke ein Stückchen näher? Lenas Herz erhöhte den Takt. Als sie einen kleinen Leuchtturm passierten, der wie der Wächter zur Einfahrt in den großen Hafenbereich wirkte, berührte Riley ihre Hand. Um sich zu vergewissern, dass sie es sich nicht nur eingebildet hatte, warf Lena ihm einen Seitenblick zu. Er hatte sich zu ihr gedreht. Auch wenn sie vor Aufregung sofort wieder nach vorne schauen musste, spürte Lena, wie seine wundervollen grünen Augen auf ihr ruhten. Riley nahm vorsichtig Lenas Hand in seine.

Sie konnte ihn noch immer nicht ansehen und nutzte die Reling, um sich anzulehnen – nicht dass ihre weichen Knie beim nächsten Rucken des Schiffes einknickten. Lena musste einen Schwall sinnloser Worte runterschlucken, die nur dazu gedient hätten, die Stille zu füllen. Riley streichelte ihre Handinnenfläche mit sanften, kleinen Kreisen. Natürlich hatte sie schon öfter im Leben eine Gänsehaut gehabt. Aber das, was sich jetzt auf ihrer Haut aufbaute, fühlte sich eher so an, als hätte sie in eine Steckdose gefasst. Endlich traute sich Lena, Riley direkt in die Augen zu schauen. Er sah sie zärtlich an und Lenas Herz machte einen Hüpfer. *Von mir aus können wir mit diesem Boot bis ans Ende der Welt fahren,* dachte sie gerade, als eine laute Stimme sie aus dem Moment riss.

„Ach, hier bist du!", rief Sophia. „Hättest doch was sagen können."

Riley hatte blitzschnell Lenas Hand losgelassen und war fast unmerklich ein Stückchen von ihr abgerückt.

„Was macht ihr denn hier?", fragte Sophia mit hochgezogenen Augenbrauen.

„Wir genießen das schöne Wetter!" Das stimmte schließlich. Auch.

ENDE DER WELT

„Aha. Amelie und ich wollten dir ein paar unserer Fotos zeigen. Die sind super geworden! Kommst du?"

„Äh, ja klar." Riley zwinkerte Lena zu und sie folgte ihrer Freundin zurück zur Sitzbank. Eigentlich hätte Lena Sophia gerne von dem Moment eben mit Riley erzählt, aber nach der sonderbaren Nachricht gestern und dem nicht gerade feinfühligen Verhalten von eben verkniff sie sich das lieber.

„Wow, ihr habt ja echt tolle Fotos gemacht!" Amelie waren wirklich geniale Aufnahmen gelungen – und trotzdem konnte Lena sich kein bisschen darauf konzentrieren. Der Rest der Bootstour zog wie ein Film an ihr vorbei, in dem sie keine Hauptrolle spielte.

Sie wachte erst so richtig wieder auf, als alle vom Boot trabten und in der Nähe des Anlegers Lenas Mutter auftauchte, um Riley und Lena abzuholen.

„Wollen wir uns später noch treffen? Zu viert?", hörte sie Sophia fragen.

„Klar, warum nicht!"

Riley war jetzt neben Lena, die auf ihre Mutter zusteuerte. Diese rief schon von Weitem: „Ach, watt ein fun! Boot fahren im sunshine, wunderful!"

Riley grinste. Lena zu ihrer eigenen Überraschung auch. Es war so, als würde gerade alles, was sie sonst störte, an ihr abprallen.

Auch Lenas Mutter hatte beste Laune. „Ich hab euch einen Kuchen gebacken, dann könnt ihr euch im Garten erst mal stärken." Sie sprach Deutsch, reines Deutsch. Es geschahen offenbar noch Zeichen und Wunder! Endlich hatte sie es aufgegeben, alle mit ihrem Denglisch zu quälen.

Noch besser war, dass sie sich beim Kuchenessen nicht zu ihnen setzte.

Riley konnte vom Schoko-Kirsch-Kuchen gar nicht genug bekommen. Von Lena anscheinend auch nicht. Er ließ sie keine Sekunde aus den Augen.

„Was ist das eigentlich für ein Häuschen?" Er deutete auf die kleine bunte Laube hinten am Zaun.

> MJAMM
> LECKER

„Ach, da wollte mein Vater eigentlich mal eine Sauna einbauen. Das hat er aber irgendwie nie geschafft, und deswegen steht der Schuppen jetzt bis auf ein paar Gartengeräte leer. Dahinter ist eine Veranda mit Blick auf den Park. Wollen wir mal hingehen?"

„Auf jeden Fall!" Riley war schon aufgesprungen, umrundete das Häuschen und ließ sich als Erstes auf die Bank plumpsen. Lena ließ ein Stückchen Platz zwischen ihnen, als sie sich dazusetzte.

„Super Ausblick. Bist du oft hier?", fragte Riley und seufzte zufrieden.

„Nee, ehrlich gesagt nicht."

Riley dachte eine Weile nach, dann räusperte er sich. „Lena, ich wollte dir noch was sagen."

Und plötzlich glaubte Lena, doch mitten in der heißen Sauna zu sitzen und nicht auf der Veranda eines normalen Gartenhäuschens.

„Ich finde, du, ähm, naja, du bist ... total süß."

Lena wusste nicht, wie ihr geschah. Noch nie hatte ein Junge so etwas zu ihr gesagt, schon gar nicht so direkt. Riley schaute auf seine Füße, bis Lena näher an ihn heranrückte. Ihre Beine berührten sich jetzt. „Danke", sagte sie leise. Und noch leiser: „Ich mag dich auch sehr."

Dieses Mal war sie es, die Rileys Hand nahm. Sie wunderte

sich selbst über ihren Mut. Lena konzentrierte sich auf Rileys süße Grübchen neben den Mundwinkeln, als er sich zu ihr rüberbeugte. Sein Gesicht war nun so nah an ihrem, dass sie seinen Atem auf ihrer Wange spürte. Er kam noch näher heran und küsste sanft ihre Lippen. Rileys Zitronengeruch vermischte sich mit dem von Schokolade und Kirschen. Lena schloss die Augen und vergaß das Atmen. Aber im selben Moment piepte ihr Handy und sie zuckte zusammen. Auch Riley hatte sich erschrocken. Verdammt noch mal, warum hatte sie es denn nicht auf stumm geschaltet?
„Tja, ich schätze, Timing ist alles", sagte er ein bisschen enttäuscht. Trotzdem strahlten seine Augen. „Sieh ruhig nach, wenn du willst." Er legte einen Arm um Lena.
„Ja, aber danach mach ich das Handy sofort aus."
Lena erkannte auf den ersten Blick, dass Sophia ihr eine Nachricht geschickt hatte.

Hey Lena, wollen wir uns vor dem Abendessen noch bei unserem Eisladen treffen? Vielleicht so in einer halben Stunde?

Lena schluckte. Sie war sich nicht sicher, wie das laufen sollte. Würde Sophia ihnen nicht sofort ansehen, wie verliebt sie waren? Das würde sie garantiert stören, wenn sie gestern schon so reagiert hatte, als Lena nur ein bisschen von Riley geschwärmt hatte. Sollte sie ihre Gefühle fürs Erste lieber

verbergen? Oder hatte sie Sophias Reaktionen total überbewertet?
Sie musste schnell eine Antwort auf diese Fragen finden.
Die Argumente für beide Möglichkeiten wirbelten in ihrem Kopf, bis sie bereit war, eine Antwort zu tippen.

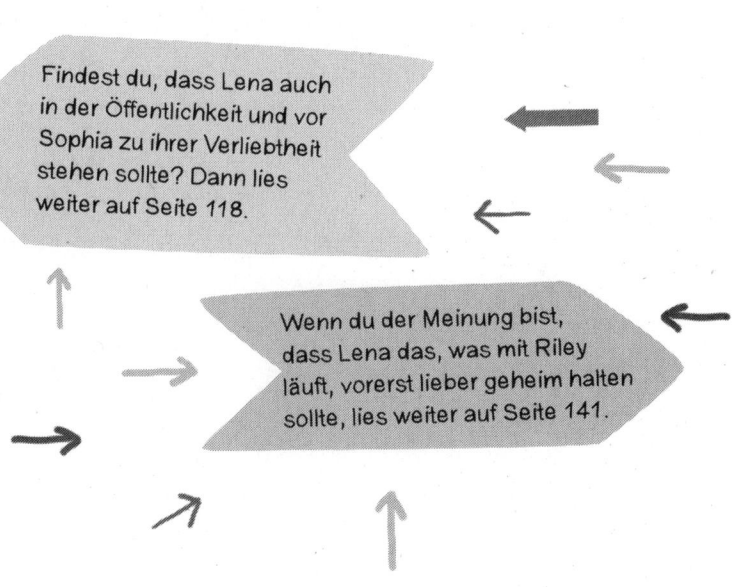

Findest du, dass Lena auch in der Öffentlichkeit und vor Sophia zu ihrer Verliebtheit stehen sollte? Dann lies weiter auf Seite 118.

Wenn du der Meinung bist, dass Lena das, was mit Riley läuft, vorerst lieber geheim halten sollte, lies weiter auf Seite 141.

Überraschung auf der Tanzfläche

Bevor Lena Sophia auf die Schulter tippte, blickte sie noch mal prüfend zu Riley, doch der nahm keinen Blickkontakt zu ihr auf. „Wollen wir einfach ein Team bilden? Oder meinst du, Lynn findet niemand anderen?"

Sophia schien erleichtert. Sofort wandte sie sich an ihre Gastschwester. „Würde es dir etwas ausmachen, wenn ich mit Lena losziehe?"

Lynn zuckte mit den Schultern. „It's alright". Sie suchte mit den Augen die Gruppe ab und erspähte Piet aus Lenas Klasse, der unsicher neben seinem Gastbruder Paul stand. Der wiederum schien zwischen ihm und Riley hin und hergerissen. Ein Lächeln huschte über Lynns Gesicht. Piet war groß und gutaussehend – nicht Lenas Typ, aber vielleicht hatte Lynn ja sowieso schon ein Auge auf ihn geworfen. In Windeseile hatte sich die Situation geklärt.

In Frau Gerlands Augen gab es mit Lena und Sophia sowie Paul und Riley nun zwar gleich zwei Paare, die nicht in ihren Plan passten, aber was konnte sie schon machen? „Die Zeit läuft ab jetzt!", rief sie und die meisten stürzten sofort los.
Lena und Sophia hatten es nicht so eilig. Sie schlenderten durch den Ausstellungsbereich Kamerun und jede hing ihren Gedanken nach, bis Sophia einen Arm um Lena legte. „Mann, ist das heiß hier!", sagte sie lachend.
„Tja, so ist das eben in Afrika. Wir sollen ja Tipps finden, damit es nicht auf der ganzen Welt so heiß wird."
„Aber wie mir scheint, suchst *du* eher nach Tipps, wie es mal mit Riley ein bisschen heißer werden könnte!"
„Haha. Nee, ich geb es auf. Wenn er wirklich an mir interessiert wäre, könnte er doch auch mal auf mich zukommen. Tut er aber nicht. Schon gar nicht, wenn seine Kumpels dabei sind. Und bei uns zu Hause reißt er sich auch nicht gerade darum, Zeit mit mir zu verbringen. Okay, ich gehe auch nicht auf ihn zu … Aber vielleicht passt das einfach nicht mit uns."
Lena seufzte.
Sie erreichten die Flusslandschaft des Korup Nationalparks, über die eine Hängebrücke führte. Sophia ging voraus und schaukelte ein bisschen mehr, als es Lena lieb war. Sie drehte sich zu Lena um. „Balancieren, ausprobieren, und dann abspringen, bevor man hinfällt. Genau wie bei dieser Jungssache." Sie hatte das andere Ende erreicht.
„Ja, ja." Lena folgte ihr. „Jetzt lass uns wenigstens noch ein

paar Sachen finden, wie wir das Klima retten können." Sie konnte sogar schon wieder ein bisschen lächeln.

Letztendlich gingen Lena und Sophia zwar nicht als Sieger aus der Rallye hervor, aber dafür hatten Lynn und Piet es tatsächlich geschafft, die meisten Antworten zu finden. Ihr Gewinn: Ein Portrait in Comicform, natürlich von Frau Gerland gezeichnet. 😊 Nach der Siegerehrung hatte die Gruppe noch eine Stunde zur Verfügung, bevor der Bus sie wieder abholte. In dieser Zeit saßen Lynn und Piet, beide mit roten Wangen, am Rande der Antarktis Modell und ließen sich portraitieren.

Wie Lena die nächsten Tage überleben sollte, war ihr selbst nicht klar. Es gab immer wieder komische Situationen, zum Beispiel dann, wenn Lena und Riley allein in einem Zimmer waren und keiner so richtig wusste, was er sagen sollte.

Während die Engländer am letzten Tag einen Ausflug machten, schmückte Lena mit Sophia und den anderen Deutschen das Klassenzimmer für die Abschiedsparty am Abend.

Sophia hatte so viel Dekokram mitgebracht, dass einige der Jungs nur noch die Augen verdrehten. „Mann, ich bin froh, dass der Austausch fast geschafft ist. Irgendwie ist das alles nicht so gelaufen, wie ich gehofft hatte." Sie legte einen Stapel quietschgelbe Servietten mit den Worten „Party on" auf den Buffet-Tisch. „Auf die Party freue ich mich aber trotzdem."

„Echt? Ich mich irgendwie überhaupt nicht. Ich will einfach nur noch, dass das hier vorbei ist. Dann kann ich mich zu Hause endlich wieder frei bewegen."

Sophia legte ihren Kopf an Lenas Schulter. „Bald gibt es kein Pflichtprogramm mehr und wir machen wieder das, worauf wir Lust haben."

Als die englischen Schüler ins Klassenzimmer strömten, lief bereits Musik, es roch nach Fruchtbowle und alles sah nach Party aus. Sophia hatte sogar ihre LED-Discokugel mitgebracht, die bunte Punkte an die Decke warf. Fürs Erste stand sie auch hinter dem provisorischen DJ-Pult und wählte die Musik aus. Frau Gerland und Miss Miller unterhielten sich angeregt und die Engländer fielen direkt über das Buffet her. Lynn lief mit zwei Bechern Bowle zu Piet, der ihr freudestrahlend entgegenkam.

Tja, andere haben halt mehr Glück, dachte Lena. Wenn alles besser gelaufen wäre, hätte sie heute vielleicht auch einen verliebten Abend verbringen können.

Stattdessen stand sie unschlüssig in der Gegend herum. Sie drehte sich schwungvoll zum Buffet und traf dabei jemanden mit ihrem Arm. Der Junge verschüttete fast seine Drinks.

„Oh, sorry!", rief Lena und schlug sich die Hand vor den Mund.

„Kein Problem. Die Bowle war sowieso für dich. Hier!" Der Junge hatte kurze blonde Haare und hellbraune Augen. Er reichte ihr den Becher und begnügte sich mit dem zweiten, nur noch halb vollen. Dabei zwinkerte er Lena zu.

Vor lauter Riley war ihr dieser niedliche Engländer die ganze Zeit gar nicht aufgefallen. Wie war das möglich?
„Danke ... Oliver." Wenigstens kannte Lena, das Namensgenie, ihn von der Vorstellungsrunde des ersten Tages. Naja, und weil er auch manchmal mit Riley, Paul und Brian rumstand, aber eher selten.
Er richtete sich ein Stückchen auf, offensichtlich erfreut, dass Lena seinen Namen kannte. „Für dich gern", sagte er mit rauer Stimme. „Toll habt ihr das alles hier gemacht. Sieht super aus."

Lena wurde ein bisschen rot. „Das freut mich", sagte sie schüchtern. Mann, sie hätte sich mal nicht so auf Riley konzentrieren sollen! So blind konnte sie ja gar nicht sein, dass sie diesen süßen Typen die ganze Zeit übersehen hatte! Sophia grinste ihr vom DJ-Pult aus zu.
„Darf ich Sie um einen Tanz bitten?", fragte Oliver plötzlich auf Deutsch.

Hat er mich gerade gesiezt? Wie niedlich ist das denn?, dachte Lena und musste grinsen. Bestimmt hatte Oliver den Satz irgendwo gelesen und auswendig gelernt. Dazu lächelte er auch noch zum Niederknien und wartete geduldig, bis Lena ihm endlich zunickte und auf die Tanzfläche folgte.

Riley, der noch immer am Buffet stand, hob schlagartig seinen Kopf. Störte es ihn etwa, dass Lena mit einem anderen tanzte? Egal, jetzt war es jedenfalls zu spät. Es war der letzte Abend, und schlimm genug, dass Lena erst heute auf Oliver gestoßen war. Er war nicht zu cool, um Lena vor allen anderen anzusprechen.

Lena und Oliver tanzten ausgelassen zur Musik, die Sophia auflegte. Die beiden lachten und alberten herum, und jedes Mal, wenn Oliver sie berührte, war es, als ob ein Stromstoß durch Lenas Körper ging. Die Tanzfläche wurde voller und voller und die Stimmung hätte nicht besser sein können. Lena tanzte rüber zur winkenden Sophia und zog ihre Freundin mit auf die Tanzfläche.

„Ich hab für die nächsten eineinhalb Stunden eine Playlist gemacht", flüsterte sie Lena verschwörerisch ins Ohr. „Bestimmt wird Frau Gerland den Laden hier pünktlich dichtmachen, also tanz, soviel es geht!", rief sie ausgelassen und legte einige ihrer recht schrägen Schritte hin.

Je später es wurde, desto ruhiger wurde die Musik. Oliver war mit Lena die ganze Zeit auf der Tanzfläche geblieben. Sophia stieß Lena in die Seite. „Gleich kommt das letzte Lied!"

Mist. Warum musste die Zeit immer so schnell vergehen, wenn es gerade so schön war?

Das letzte Lied war so langsam, dass man entweder weggehen oder mit jemandem eng umschlungen tanzen musste. Nur insgesamt drei Pärchen entschieden sich zu bleiben: ein englisches Pärchen, Lynn und Piet und Lena und Oliver. Er hatte sich ihr vorsichtig angenähert und seine Arme behutsam um ihre Schultern geschlungen. Lena glaubte, seinen Herzschlag zu spüren. Oder war es ihr eigener?

Die beiden setzten zu einer kleinen Drehung an und Oliver trat Lena auf den Fuß.

„Sorry, ich bin biss-schen aufgeregt", sagte er in süßestem Deutsch, und Lena konnte nicht anders, als sich noch näher an ihn zu schmiegen.

„Ich auch", gestand sie ihm flüsternd.

Als der Song zu Ende ging, sahen Lena und Oliver sich an und grinsten. Lena kam sich vor wie in einem Traum. Am liebsten hätte sie die Nacht mit Oliver durchgetanzt, aber plötzlich ging das Licht an und Frau Gerland machte eine Ansage, von der aber kein Wort bei Lena ankam.

Als sie sich vor der Schule von Oliver verabschieden musste, war ihr schwindelig. Ob vor Glück oder weil er sie so zärtlich ansah, dass ihr Herz sich fast überschlug, wusste sie nicht genau. Wahrscheinlich beides. Und deshalb ärgerte sie sich nicht länger, dass sie Oliver erst so spät in ihrer Austauschwoche getroffen hatte.

Im Auto auf dem Weg nach Hause träumte sie schon davon, ihn in London wiederzusehen. Denn eins war klar: Ihre Geschichte war noch lange nicht zu Ende.

Ende

Wie Brausebonbons, nur besser

Lena bemerkte Rileys fragenden Gesichtsausdruck. „Das war Sophia. Sie will wissen, ob wir zum Eisessen kommen. Hast du Lust? Und noch Platz für Eis nach all dem Kuchen?"
Riley grinste. „Na klar."
Hallo Sophia, gute Idee. Bis dann!, tippte Lena, ohne weiter nachzudenken. Dann machte sie ihr Handy aus, legte es neben sich auf die Bank und griff vorsichtig nach Rileys Hand. Seine Finger umschlossen sanft die ihren. Lenas Haut kribbelte. Sie war sich nicht mal sicher, ob sie es überhaupt zum Eisladen schaffen würde. Rileys Berührung hatte ihre Beine in Pudding verwandelt.
Irgendwie gelang es ihr dann aber doch aufzustehen und sich gemeinsam mit Riley auf den Weg in die Stadt zu machen. Als sie allerdings Sophia mit Lynn an ihrem Stammtisch im Eisladen sitzen sah, wummerte ihr Herz noch heftiger, wenn

das überhaupt möglich war. Wie würde Sophia reagieren? Riley ließ es sich nicht nehmen, Lenas Hand wie selbstverständlich in seiner zu halten.

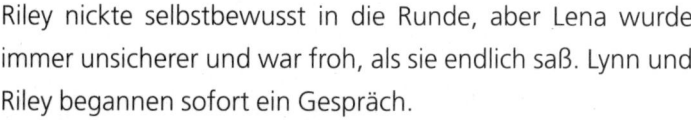

Sophia hatte die beiden entdeckt und winkte, dann verdunkelte sich ihr Ausdruck. Ihr Gesicht mutierte zu einem Fragezeichen. Hätte Lena ihre Freundin besser vorwarnen sollen? „Hi!", stieß sie hervor.

Riley nickte selbstbewusst in die Runde, aber Lena wurde immer unsicherer und war froh, als sie endlich saß. Lynn und Riley begannen sofort ein Gespräch.

„Wie jetzt?", zischte Sophia Lena zu.

„Ja, also, wir haben uns vorhin auf der Veranda der kleinen Laube geküsst." So, jetzt war es raus.

„Aha", antwortete Sophia irritiert. Sie rang nach Worten. „Na dann."

Was auch immer das heißen sollte. Lena vertiefte sich in die Eiskarte, obwohl sie die eigentlich schon in- und auswendig kannte.

Riley rückte zu Lena rüber und schaute mit in die Karte. „Welcher Becher schmeckt hier denn am besten?" Er legte seine Hand auf Lenas.

Sophias Blick war an dieser Szene wie festgetackert.

Lena versuchte, sich nicht beirren zu lassen. „Also, das Spaghetti-Eis ist echt lecker, weil sie hier die Erdbeersauce selbst machen", antwortete sie.

„Dann nehme ich das!", sagte Riley und lächelte so süß, dass Lena förmlich dahinschmolz.

Lynn nickte ihr fröhlich zu, als fände sie es gut, dass Riley und Lena sich nähergekommen waren. Warum konnte Sophia sich nicht auch freuen? Okay, es kam vielleicht alles ein bisschen überraschend – Lena hatte ja selbst nicht damit gerechnet. Bisher hatte sie erst einen Jungen geküsst, und das war eigentlich noch nicht einmal ein richtiger Kuss gewesen, eher so ein Schmatzer auf die Wange. Danach hatte Lena das Unterfangen Küssen fürs Erste abgebrochen, weil ihr das Ganze irgendwie unangenehm war. Aber ihre Gefühle für Riley konnte sie einfach nicht zurückhalten.

Als alle ihre Eisbecher vor sich hatten, trat ein unangenehmes Schweigen ein. Sophia sah richtig grimmig aus, aber der AGB hätte wohl an dieser Stelle nichts genutzt, eher im Gegenteil.

Sobald Sophia aufgegessen hatte, fing sie an, mit den Füßen zu scharren. Ungeduldig starrte sie auf Lynns Eisbecher, der sich nur langsam leerte, denn Lynn hatte es alles andere als eilig. „Wollen wir dann mal wieder los, Lynn?"

„Jetzt schon?" Sophias Gastschwester war sichtlich enttäuscht.

„Ja, ich wollte dir zu Hause noch was zeigen." Sophia stand demonstrativ auf, ging hinein, um zu bezahlen, und machte Lynn ein Zeichen vom Tresen aus.

Lena fehlten die Worte, und auch Lynn wusste offenbar nicht, wie sie reagieren sollte. „Also dann, bis morgen", sagte sie schließlich und stand irritiert auf.

Lena seufzte und schaute zu ihrer Freundin herüber. Irgendwie sah Sophia traurig aus. Das war noch schlimmer als sauer.

„Bis morgen", rief Lena und winkte zum Abschied.

Mehr fiel ihr gerade leider nicht ein.

Natürlich war Riley nicht entgangen, dass irgendetwas Komisches in der Luft lag. „Ist deine Freundin sauer?", fragte er sanft. „Wegen mir?"

„Ja, kann sein. So ganz genau weiß ich nicht, was sie hat, aber wenn sie so drauf ist, kann man nicht gut mit ihr reden." Lena ließ die Schultern hängen.

„Tut mir leid." Riley war wirklich süß und verständnisvoll. Die beiden schlenderten Arm in Arm nach Hause und Lena freute sich, dass Riley den Rest des Tages versuchte, sie aufzuheitern.

Auch die nächsten Tage gab es immer wieder Spannungen zwischen Lena und Sophia. Wegen des vollen Programms kam es aber bis zum vorletzten Tag zu keiner Aussprache zwischen den beiden Freundinnen – auch weil Sophia jeden Versuch von Lena abblockte, mit ihr über die Sache mit Riley zu reden. Lena war hin- und hergerissen. Einerseits schwebte sie wegen ihm auf Wolke Sieben, andererseits war sie schrecklich traurig, dass die Stimmung zwischen ihr und Sophia derart im Keller war.

Am letzten Tag stand für die Engländer ein Ausflug auf dem Programm. Bevor der Bus die englische Gruppe abholte, um sie zum Auswandererhaus nach Bremerhaven, einer Art interaktivem Museum, zu kutschieren, gab es ein gemeinsames Frühstücksbuffet in der Schule für alle.

Sophia war immer noch mies drauf, allerdings war ihr zumindest nicht der Appetit vergangen. Lena stellte sich hinter Sophia an, als diese sich gerade einen Haufen Rührei auf ihren Teller türmte.

„Hey, Sophia."

„Hey." Sophia klang unsicher.

Lena nahm sich ein Herz. „Wollen wir mal reden? Vielleicht nachher, wenn die anderen weg sind?"

Bevor Sophia antworten konnte, stieß Riley mit einem seiner Freunde im Schlepptau zu ihnen. „Hey there!" Die beiden waren bester Laune. Riley gab seinem Freund, einem eher unscheinbaren, aber nett aussehenden Jungen, einen kleinen

Schubs und nickte in Sophias Richtung, die sich mittlerweile wieder zum Buffet gedreht hatte, um das dritte kleine Croissant auf ihren schon recht vollen Teller zu legen.

„Hi, Sophia." Peter trat näher an sie heran. Sie drehte sich zu ihm um, und es schien, als würde sie ihn das erste Mal richtig ansehen.

Für einen Moment herrschte völlige Stille und Riley räusperte sich. „Darf ich vorstellen, das ist mein Kumpel Peter!"

„Ich weiß", antwortete Sophia leise.

Peter nahm sich einen Teller und begann ebenfalls, sich aufzutun. „Warst du schon mal im Auswandererhaus?", fragte er Sophia.

Die beiden kamen ins Gespräch und Lena und Riley entfernten sich. Hunger hatte Lena sowieso nicht, wenn sie ehrlich war.

Riley reagierte sofort auf ihren fragenden Blick. „Seit zwei Tagen redet er über nichts anderes mehr als über Sophia. Er wusste aber nicht, wie er sie ansprechen soll, auch weil sie manchmal so mürrisch guckt. Trotzdem findet er sie total süß."

Besser ging es doch gar nicht! *Bestimmt ist Sophia jetzt nicht länger sauer auf mich,* dachte Lena. Sophia hatte gestern erst so einen Spruch losgelassen, es würde sich sowieso niemand für sie interessieren. Und jetzt das! Lena sah sich schon auf einem Doppeldate mit Sophia und Peter und Riley und ihr. Vielleicht würde die Party heute Abend doch noch schön!

Nachdem die Engländer zu ihrem Ausflug aufgebrochen waren und Lena und Riley sich verabschiedet hatten, begannen alle aus Lenas Klasse, den Klassenraum für die Abschiedsparty vorzubereiten.

Sophia pustete schwungvoll durch einen Ring Luftschlangen, der vor Lenas Füßen landete. Lena hob ihn auf und legte sich die Papierschlangen um den Hals. Sophia lächelte – zum ersten Mal seit Tagen.

Lena fiel ein Stein vom Herzen. „Na? Sah so aus, als hättest du dich gut mit Peter unterhalten."

Sophia wurde ein bisschen rot. Dann grinste sie. „Mann, ich war echt neben der Spur die letzten Tage, ein richtiger Grinch wieder mal. Irgendwie war mir alles zu viel. Tut mir leid! Riley und du, ihr seid total süß zusammen, das wollte ich dir unbedingt sagen." Sie pustete sich eine Strähne aus dem Gesicht und stieß Lena sanft in die Seite. „Verzeihst du mir?"

Lena tat so, als würde sie noch überlegen. Doch dann platzte es aus ihr heraus: „Na klar, meine süße kleine Grinchine." Sie machte eine melodramatische Geste. „Mannomann, du kannst aber auch manchmal echt ätzend sein."

Sophia prustete los. Das war immer so. Wenn sie ihre Launen überwunden hatte, konnte man ihr alles sagen.

Dann fielen sich die beiden Freundinnen in die Arme, hüpften wie verrückt herum und scherten sich nicht um die Blicke der anderen.

Endlich konnte sich Lena voll und ganz auf den Partyabend freuen. Aber bis dahin war noch einiges zu tun.

„Na, dann mal ran an die Deko", sagte Sophia mit einem Augenzwinkern. „Wenn das heute noch was werden soll, dürfen wir nicht länger rumtrödeln!"

Lena und Sophia machten sich mit Feuereifer an die Arbeit und die Zeit verging wie im Flug. Als der Raum endlich fertig dekoriert, das Büffet bestückt und die Musikanlange aufgebaut war, konnte Lena die Rückkehr der Engländer gar nicht mehr erwarten.

„Wie lange dauert das denn noch?", fragte sie laut in den Raum. „Es kann doch wohl nicht wahr sein, dass die gerade heute Verspätung haben!"

Lena und Sophia liefen zur Straße vor der Schule und warteten dort ungeduldig auf die Ankunft des Reisebusses. Die Mädchen waren längst partybereit und gestylt. Als sie den Bus dann endlich um die Ecke biegen sahen, warfen sie sich gegenseitig ein aufgeregtes Lächeln zu.

Die Engländer strömten bestens gelaunt aus dem Bus. Riley kam mit schnellen Schritten auf Lena zu, seinen Rucksack lässig über die Schulter geschwungen.

CHIC....

„Hey", sagte Lena leise.

Riley küsste sie zärtlich. „Es war zwar ganz nett im Auswandererhaus, aber ich hab dich vermisst!" Er strich über Lenas Wange. „Wenn ich jemals hätte auswandern müssen, dann nur mit dir."

Das Gefühl von Brause, die auf der Zunge kribbelte, war nichts gegen das Prickeln auf Lenas Haut. Sie schlang ihre Arme um Riley. „Na los, komm rein! Wir haben alles geschmückt!"

Ein Stück weiter liefen auch Sophia und Peter, in ein Gespräch vertieft, auf das Schulgebäude zu.

Die Party startete von Anfang an mit bester Stimmung, vielleicht auch weil sich die Lehrerinnen netterweise im Hintergrund hielten und die Schüler ausgelassen feiern konnten.

Lena, Riley, Sophia und Peter waren Dauergäste auf der Tanzfläche. Als die Musik ruhiger wurde, nahm Riley Lena in den Arm. Lena bemerkte aus dem Augenwinkel, wie Sophia sich von der Tanzfläche stehlen wollte – vielleicht hatte sie der Mut verlassen. Doch Peter hielt sie fest und ging einen Schritt auf sie zu. Sophia lächelte überglücklich und nun tanzten auch Peter und sie eng aneinander geschmiegt.

Riley streichelte sanft Lenas Rücken. Sie fühlte sich so wohl und geborgen, dass sie in diesem Moment nicht an den bevorstehenden Abschied dachte, denn da waren nur Rileys zitroniger Geruch, seine warme Wange an ihrer und sein Atem auf ihrer Haut.

Ende

Hübsch, schlau und ein bisschen crazy

"Ja, also, Sophia, ich muss vorher noch kurz mit dir reden."
Sophia zog statt einer Antwort nur fragend die Augenbrauen hoch.
Lena wandte sich an Riley und Lynn. "Würde es euch etwas ausmachen, wenn ihr eine Weile allein loszieht und wir uns dann später wiedertreffen? Ihr kennt euch ja jetzt ein bisschen aus in der Innenstadt." Lena versuchte ein Lächeln, das aber irgendwie schief ausfiel.
Riley schien etwas verwirrt, stimmte aber zu, ebenso wie Lynn.
"Vielleicht so in einer Stunde am Roland, dieser großen Statue mit den spitzen Knien auf dem Marktplatz?"
"Ist gut", entgegnete Riley und guckte dabei so lieb, dass Lena ihn am liebsten sofort umarmt hätte. Riley und Lynn zogen los in Richtung Shoppingmeile. Bevor sie außer Sicht-

weite waren, drehte Riley sich noch einmal um und winkte aufmunternd.

„Da bin ich aber mal gespannt." Sophias Tonfall war nicht leicht einzuordnen.

„Wollen wir uns unten ans Wasser setzen?"

„Warum nicht?", antwortete Sophia mit fester Stimme.

Lena verlor sich eine Weile im Glitzern des Sonnenscheins auf den Weserwellen, bis sie tief durchatmete. „Also, Sophia, es ist so. Irgendwie ist es ein bisschen komisch zwischen uns in den letzten Tagen. Und zwar seit ich am Telefon erzählt habe, wie süß ich Riley finde. Weißt du, was ich meine?"

„Naja ...", sagte Sophia gedehnt.

„Ja, genau." Lena machte eine lange Pause.

„Und deshalb hab ich dir auch noch nicht erzählt, dass ich mich in Riley verliebt habe. Ich meine, so richtig mit Schmetterlingen im Bauch und allem Drum und Dran."

Sophias Kopf schnellte hoch. „Habt ihr euch geküsst?"

Lena räusperte sich. „Ja. Auf der Veranda im Garten. Es ist einfach so passiert."

Eine Möwe kreiste über den Köpfen der Mädchen und kreischte.

„Wow, das ist aber ...", Sophia schluckte, „schön für dich."

„Mensch, Sophia, ich sag doch, es ist einfach so passiert!"

„Es war doch auch fast zu erwarten. Ich meine, der süßeste Typ der ganzen Gruppe zieht bei dir ein und du kannst die meiste Zeit von allen mit ihm verbringen. Ist doch logisch, dass er sich in dich verliebt."

Lena sah auf. „Wie meinst du das?"

„Guck dich doch an! Du bist hübsch, schlau, witzig, immer fröhlich und, naja, manchmal ein bisschen crazy, aber das ist ja lustig."

Das war ganz und gar nicht die Reaktion, mit der Lena gerechnet hatte. „Du bist mir also nicht böse, weil ich Riley geküsst habe, obwohl du ihn auch süß findest?"

„Nur weil ich ihn niedlich finde, ist er ja nicht mein Eigentum. Ich gebe zu, ich war die letzten Tage nicht so gut drauf. Irgendwie hab ich gehofft, dass sich auch mal jemand für mich interessiert oder mich so ansieht wie Riley dich, vorhin zum Beispiel. Außerdem weißt du doch, dass ich es nicht besonders mag, wenn mein Alltag plötzlich so anders verläuft. Dieser ganze Trubel ist nichts für mich, immer jemanden um mich haben, immer reden müssen, und ständig diese ganzen Ausflüge. Und am schlimmsten ist, dass wir zwei kaum Zeit füreinander haben."

„Ich verstehe." Lena legte ihren Kopf auf Sophias Schulter. „Dann kannst du es wohl kaum erwarten, dass die Engländer wieder abreisen, was?"

„Ja, schon." Sophia grinste. „Ganz im Gegensatz zu dir!" Sie stupste Lena an. „Aber jetzt erzähl mal, du Liebesgöttin! Wie war es denn, Riley zu küssen?"

Bei der Erinnerung an ihren Kuss auf der Veranda wurde Lena schlagartig sehr heiß. „Weich und zitronig und aufregend und total schön."

„Mmmmh", machte Sophia, als würde sie ihre Lieblingsschokolade essen. „Und immerhin hat Riley es geschafft, dich zu küssen, bevor du in die unendlichen Weiten des Laber-Universums abgedriftet bist."

Lena prustete los und boxte ihre Freundin gegen die Schulter.

Eine Last mit dem Gewicht eines ausgewachsenen Elefanten fiel von ihr ab.

Sophia schaute auf ihre Uhr. „Na los, lass uns langsam in Richtung Treffpunkt wandern. Vielleicht können wir wenigstens noch alle zusammen in den neuen Accessoires-Laden an der Obernstraße. Da kann Riley sich ein bisschen in Sachen Mädchen fortbilden."

Tatsächlich schien Riley kein bisschen abgeneigt, als sie ihm den Vorschlag unterbreiteten. Irgendwie wirkte er sogar stolz, gleich mit drei Mädels durch die endlosen Reihen von bunten Haarspangen, Nagellack und Umhängetaschen zu schlendern.

„Konntet ihr alles klären?", flüsterte er Lena zu und deutete auf Sophia.

„Ja, alles ist wieder gut!"

„Das hab ich mir schon gedacht, so wie du strahlst." Er drückte Lenas Hand.

Auch Sophia hatte viel bessere Laune als am Vormittag und tauschte sich mit Lynn über Farben aus, die gut zu ihrem Typ passten. Sie hielt sich verschiedene Schals an den Hals. Lynn und Lena  streckten entweder den Daumen hoch oder runter. Riley hielt sich dezent im Hintergrund.

Lena hätte nicht zu träumen gewagt, dass der Tag so enden könnte. Besser hätte es eigentlich nicht laufen können.

Und die gute Stimmung hielt tatsächlich an. Während Sophia sich weiter durch die für sie viel zu vollgestopften Tage schleppte, genoss Lena jede Sekunde mit Riley. Weder kleine peinliche Aussetzer ihrer Mutter noch die Pseudo-Lockerheit von Frau Gerland konnten ihre Stimmung trüben. Auch nicht, als ihre Lehrerin in der Straßenbahn auf dem Weg zur *botanika,* einer tropischen Indoor-Pflanzenwelt mitten im Botanischen Garten in Bremen, einen „Witz" nach dem anderen erzählte. Keiner davon war wirklich lustig, aber was sollte es? Rileys Lächeln wog alles auf. Lena hatte sich so sehr daran gewöhnt, dass sie sich fragte, wie sie es schon bald ohne ihn aushalten sollte.

In der Haupthalle der *botanika* setzten Lena und Riley sich von der Gruppe ab. Gegenüber einem riesigen Steinbuddha küssten sie sich, und Lena fragte sich, ob es wirklich möglich war, dass es sich mit jedem Mal noch schöner anfühlte. Und was sie machen sollte, wenn Riley, der sie so glücklich machte, wieder zurück nach England musste.

Da vom Buddha keine Antwort zu erwarten war, sah sie Riley tief in die Augen und stellte ihm die Frage, die sie die ganze Zeit beschäftigte: „Was machen wir bloß, wenn ihr wieder abreist und wir uns nicht mehr sehen können?"

Rileys Lächeln erstarb augenblicklich. „Das will ich mir überhaupt nicht vorstellen", antwortete er traurig.

Lena, die es gar nicht gewohnt war, Riley traurig zu sehen,

versuchte schnell, ihn wieder aufzuheitern. „Na los, lass uns die Zeit nutzen, die wir haben! Auf nach Borneo!" Sie zog ihn sanft mit sich, drückte fest seine Hand und war erleichtert, als er wieder der alte Riley war. Lena blickte in seine strahlenden Augen und nahm sich eins fest vor: Sie würden jeden Augenblick miteinander genießen!

Leider vergingen ihre gemeinsamen Tage in Bremen wie im Fluge. Nur wenn Lena und Riley zu Hause waren, zusammen auf der kleinen Couch im Gästezimmer saßen, sich küssten, redeten oder gemeinsam lachten, schien die Zeit stillzustehen. Doch der Moment des Abschieds rückte unaufhaltsam näher.
Lena hatte schon seit einigen Tagen immer mal wieder daran denken müssen, was sie zur Abschiedsparty am letzten Abend anziehen würde. Nun stand sie vor ihrem Kleiderschrank und probierte ein Outfit nach dem anderen an. Nichts gefiel ihr, vielleicht auch deshalb, weil das Wort „Abschiedsparty" für Frischverliebte nicht gerade sehr inspirierend war.
Während Riley mit den anderen Engländern einen Ausflug machte, standen für Lena und ihre Klasse die Feiervorbereitungen in der Schule auf dem Plan. Sie konnte aber erst dazustoßen, wenn sie ihr Outfit gefunden hatte.
Nach der dritten Nachricht von Sophia, wo sie denn stecke, entschied Lena sich schließlich für eine blau-lila-karierte Bluse.

Dazu hatte sie den granatapfelfarbenen Nagellack aufgetragen, den Riley ihr mitgebracht hatte. Dann lief sie zur Bushaltestelle und hetzte zur Schule, wo Sophia sie direkt in die letzten Vorbereitungen einspannte.

Als die englische Gruppe endlich von ihrem Ausflug zurückkehrte und ins Klassenzimmer polterte, das gar nicht mehr wiederzuerkennen war, führte Lenas Herz wilde Tänze auf. Riley kam sofort zu ihr herüber. „Wow, du siehst toll aus!", flüsterte er ihr ins Ohr.

Und wie gut *er* erst aussah in seiner perfekt sitzenden Jeans mit dem schwarzen engen Shirt! Als er Lena an sich drückte, wünschte sie sich, sie könnte wenigstens irgendetwas von ihm hierbehalten, und sei es nur sein wundervoller Geruch.

Riley schien es ähnlich zu gehen, und so verbrachten er und Lena die meiste Zeit des Abends eng umschlungen auf der Tanzfläche. Die Musik war sowieso zu laut zum Unterhalten, also blieb eigentlich nur essen, trinken, küssen oder eben tanzen. Sophia stieß ab und an dazu und verdrehte beim Anblick des verliebten Paares gespielt genervt die Augen – aber dann lächelte sie und Lena wusste, dass ihre Freundin ihr jede Sekunde mit Riley gönnte.

Trotzdem kam irgendwann der Moment, als Frau Gerland ans Mikro trat und das Ende der Party verkündete.

Lenas Herz zog sich zusammen. Das durfte einfach nicht sein. Ebensowenig wie Rileys Rückflug am nächsten Morgen.

Aber es gab nichts, was sie tun konnte. Sie drückte sich noch fester an Riley, der sein Kinn auf ihren Kopf legte und sie so fest hielt, als wollte er sie nie wieder loslassen. Lena spürte, dass auch Riley todtraurig war, aber beide wussten, dass es in diesem Augenblick einfach keine Worte gab.

Abschied
SCHNIEF

Als die anderen langsam aber sicher aus dem Raum strömten, hielten Lena und Riley sich noch einen Moment an den Händen und sahen sich tief in die Augen. Lena blinzelte eine Träne weg und biss sich auf die Unterlippe. Dann nickte sie Riley kurz zu und sie folgten den anderen vor die Tür.
Lenas Mutter wartete bereits vor der Schule, um Lena und Riley abzuholen. Sie wollten gerade ins Auto steigen, als Amelie auf sie zustürmte und rief: „Hey, Lena, warte mal eben!" Sie kam schnaufend am Auto an und überreichte Lena und Riley feierlich einen Umschlag.

„Was ist das denn?", wollte Lena wissen.

„Eine Überraschung. Ich hab doch seit einer Weile diese neue Kamera und mache bei einem Foto-Workshop mit. Ich hab die letzten Tage ein bisschen rumprobiert und es sind ein paar ganz gute Bilder dabei rausgekommen. Naja, seht selbst. Also dann, bis morgen, am Flughafen!" Sie schwang sich wieder ihren Rucksack über und schlenderte davon.

Lena öffnete mit zitternder Hand den Umschlag. Riley legte dabei seinen Kopf auf ihre Schulter.

Und während sein Atem ihre Wange kitzelte, betrachteten sie das Foto eines Paares von hinten, Arm in Arm auf der Bank sitzend, vor dem Bhudda in der *botanika*.

Lena war überglücklich – nun hatte sie tatsächlich etwas von Riley, das sie bei sich behalten konnte, bis sie sich wiedersehen würden. Das Foto erinnerte sie an die wunderschöne Zeit mit ihm.

Riley und Lena schauten sich an, und es war, als ob in diesem Blick alles lag, was die beiden füreinander empfanden. Und plötzlich war sich Lena ganz sicher: Bis sie sich in London wiedersehen würden, waren es zwar noch ein paar Wochen. Aber die würde sie irgendwie durchhalten – mit der Gewissheit, dass noch unzählige wunderschöne Momente vor ihnen lagen.

Ende

Tanzen bis zum Umfallen

„Äh, also ich finde nicht, dass du eine Langweilerin bist. Aber ich glaube, dass Lynn das auch gar nicht sagen wollte. Ich kann jedenfalls verstehen, dass du für heute Abend dieses Outfit ausgesucht hast – auf einer Party will man schließlich auffallen." Lena stellte sich neben Sophia und legte ihr eine Hand auf die Schulter. „Du wirst toll aussehen!" Dann blickte sie mit einem Grinsen in die Runde. „Ziehen wir uns jetzt endlich um oder wollen wir den ganzen Abend hier rumstehen wie bestellt und nicht abgeholt?"

Lynns und Sophias Gesichtszüge hatten sich auch nach Lenas Versuch, die Stimmung aufzuheitern, noch nicht wieder völlig entspannt, trotzdem legten sie mit Feuereifer los – auch wenn keine von beiden dabei ein Wort sprach.

Kathy raunte Lena im Vorbeigehen „Gut gemacht!" zu.
Als sich alle umgezogen hatten, setzten sie sich nebeneinan-

der an das Pult, das nun als Frisiertisch diente, wobei Sophia und Lynn es vermieden, nebeneinander zu sitzen.

Kathy und Lena tauschten Mascara hin und her, außerdem schielte Lynn auf einen Nagellack in einem tiefen Roséton, den Sophia mitgebracht hatte. „Sophia, darf ich deinen Nagellack benutzen? Du kannst auch meinen haben! Der passt vielleicht auch zu deinem Outfit?" Sie schob ihr einen quietschgelben Nagellack zu, der tatsächlich wunderbar zu Sophias enger Hose passte.

Sophia überlegte einen Augenblick, dann schob sie im Gegenzug ihre Nagellackflasche zu Lynn rüber und lächelte.

Als alle fertig waren, bewunderten sie sich im Spiegel. Der größte, den sie hatten, war zwar nur so hoch wie ein Schulheft, aber wenn man sich auf einen Stuhl stellte, funktionierte es einigermaßen, sich ausreichend zu sehen.

„Wow!", sagte Lena. „Wir sehen alle hammermäßig aus!" Sie hatte die Betonung auf „alle" gelegt und dabei Sophia und Lynn angesehen.

„Hast Recht", gab Sophia zu. „Und ich hab eben mal wieder aus einer Mücke einen Elefanten gemacht. Ich seh es ja ein." Sie ging auf Lynn zu.

„Mücke? Elefant?" Lynn wusste nicht, ob das etwas Gutes oder Schlechtes bedeutete.

Lena schaltete sich ein. „Sie meint, dass sie überreagiert hat und dass es ihr leidtut!"

Lynn umarmte Sophia und die murmelte: „Sorry."

Lena war schwer beeindruckt, dass Sophia so schnell über ihren Schatten gesprungen war. Und auch ein bisschen von sich selbst, weil sie auf der Party im Gegensatz zu sonst auch mal ohne die anderen tanzte, wenn die gerade keine Lust hatten. Sobald ein Lied gespielt wurde, das Lena gefiel, stürmte sie los und kümmerte sich nicht darum, ob ihr jemand folgte. Sie sang lauthals mit, was wegen der Lautstärke zwar niemand hören konnte, sich aber einfach nur gut anfühlte.

Sie tanzte vollkommen ausgelassen und probierte sogar Neues aus – weil es ihr Spaß machte, und, zumindest heute, völlig unabhängig davon, was irgendjemand anderes davon hielt.

Ende

Schlechtes Gewissen

Hallo Sophia. Super Idee, nur hat Ma uns hier eingeplant. Sorry, davon wusste ich nichts. Bis morgen in der Schule! :-* Lena 😊

Lena drückte auf *Senden*. Während ihre Nachricht vom Display verschwand, überkam sie ein schlechtes Gewissen. Sie hatte ihre Freundin angelogen. Aber was hätte sie machen sollen? Sie brauchte einfach ein bisschen Zeit, um zu überlegen, wie sie mit der Situation umgehen sollte. Es war sozusagen eine Notlüge. Oder?

Riley riss sie aus ihren Gedanken. „Schlechte Nachrichten? Du siehst ein bisschen blass aus!"

„Nein, nein, alles gut." Lena machte das Handy aus und redete sich ein, dass es ein guter Plan war, Sophia erst mal nicht einzuweihen. Es machte ja keinen Unterschied, ob sie es sofort oder später erfuhr. Und in ein paar Tagen würde Riley wieder abreisen und sie würden sich länger nicht sehen. Deshalb wollte sie jetzt die Zeit mit ihm genießen und sich erst einmal nicht mit Sophias Reaktion auseinandersetzen. Wenn erst wieder der normale Alltag eingekehrt war, würde Lena vorsichtige Andeutungen machen und das Ganze klären. Alles kein Problem.

Ganz so problemlos war es dann aber leider doch nicht. Am nächsten Tag bei der Stadtführung wurde Lena spätestens bei der Statue der Bremer Stadtmusikanten bewusst, dass es nicht leicht sein würde, ihr Verliebtsein zu verbergen. Sie hatte ja auch noch nicht mit Riley über die Sache mit Sophia gesprochen, was wirklich nach hinten losgehen konnte, wenn Riley mit seinen Freunden sprach und Sophia am Ende von jemand anderem von der Sache zwischen Riley und ihr erfuhr.

Der Tourguide berichtete gerade, dass es Glück brächte, wenn man die Vorderbeine des Esels berührte. Riley zog Lena sanft mit sich und streichelte dem Esel die Beine. „Glück hab ich ja eigentlich schon genug im Moment!", sagte er und lächelte.

Sophia stand plötzlich direkt hinter Lena. Die erkannte rechtzeitig, dass Riley ihre Hand greifen wollte

GLÜCKSPILZ

und reagierte blitzschnell. Sie zeigte mit ausgestrecktem Arm in die andere Richtung und rief, viel zu laut: „Guck mal, und da um die Ecke ist schon das Rathaus!"

Sophia stupste Lena grinsend an. „Überlass die Führung doch mal dem Tourguide!"

Ein Glück, sie hatte nichts bemerkt. Weiter ging es zum Dom. Der Stadtführer redete die ganze Zeit. „Und hier seht ihr einen Spuckstein, der ins Pflaster eingelassen ist. Dort wurde 1831 Gesche Gottfried enthauptet. Sie war eine Serienmörderin, die ihre Opfer mit Arsen tötete."

Sophia flüsterte Lena ins Ohr: „Wer weiß, vielleicht hatte sie ja einen Grund, auf die Leute sauer zu sein!"

Lena zuckte zusammen. Sophia würde sie zwar nicht direkt töten, wenn sie erfuhr, dass Lena den Jungen, den auch Sophia von Anfang an süß fand, geküsst und ihr dann noch nicht einmal etwas davon erzählt hatte – aber ein Knacks in ihrer Freundschaft würde Lena genauso umbringen. Denn beim letzten Streit mit Sophia, in dem es um einen Jungen ging, hatte Lena sich falsch verhalten, was ihr damals aber erst zu spät klar geworden war. So etwas wollte sie nie wieder zulassen.

Riley hatte schon mehrere Versuche gestartet, nach ihrer Hand zu greifen, doch sie hatte es jedes Mal geschafft, dem auszuweichen. Wenn das so weiterging, würde sie ihn auch noch vor den Kopf stoßen. Das Schlimme war ja, dass Lena eigentlich nichts mehr wollte, als der ganzen Welt zu zeigen, wie toll sie Riley fand. Und er sie. Stattdessen war sie so angespannt wie schon lange nicht mehr.

Die Gruppe schlenderte nach eineinhalb Stunden Stadtführung erschöpft zur Straßenbahnhaltestelle. Sophia wirkte kein bisschen müde. „Hey, ein wenig Zeit hätten wir doch noch, bis wir nach Hause müssen. Wollen wir noch zu viert was unternehmen?"

Riley und Lynn nickten zustimmend.

„Tja, also, ähm …", murmelte Lena unsicher. Jetzt etwas zu viert machen? Noch länger konnte sie das Zusammensein mit Sophia in diesem ungeklärten Zustand einfach nicht aushalten.

„Lena? Hallo, jemand zu Hause?" Sophia baute sich direkt vor ihrer Freundin auf.

Auch Lynn und Riley sahen Lena an und warteten auf eine Antwort, schließlich hatte sie als Einzige noch nichts gesagt.

Lena musste sich entscheiden. Und zwar schnell.

Willst du, dass Lena sich mit Sophia ausspricht und ihr alles erzählt? Dann lies weiter auf Seite 128.

Oder findest du, dass sie lieber erst Riley in die Situation einweihen sollte – mit der Bitte, Rücksicht auf Sophias Gefühle zu nehmen und ihr Verliebtsein zu verbergen? Dann geht die Geschichte weiter auf Seite 148.

Happy End auf der Tanzfläche

„Ja, wie soll ich es am besten sagen ... Also, ich finde schon, dass jeder ein Recht auf seine Meinung hat, Sophia." Sophia sah Lena böse an, doch die ließ sich nicht beirren und fuhr fort – schließlich hatte man sie gefragt: „Du sprichst doch auch immer offen aus, was du denkst. Ich finde Ehrlichkeit klasse, bei euch beiden!"

„Ich posaune meine Meinung aber nicht heraus, wenn sie jemanden verletzt!" Sophia sprach sehr laut, und Lena bezweifelte, dass überhaupt jemand in diesem Moment die richtigen Worte finden konnte.

„Erstens tut es mir wirklich leid, wenn ich dich verletzt habe. Das wollte ich nicht. Und zweitens können deine Kommentare sehr wohl auch verletzend sein. Gleich am zweiten Tag hast du mir gesagt, wie langweilig du Line Dance findest, obwohl du eigentlich gar nichts darüber wusstest, außer, dass es mir eben wichtig ist." Lynn hatte das deutlich, aber irgendwie warmherzig rübergebracht, und Lena spürte, dass die Kritik bei Sophia ankam. *Weiter so,* dachte sie.

Sophia war vor Scham dunkelrot angelaufen. Sie schaute betreten zu Boden und sagte dann zögernd: „Hmm. Naja, da hast du schon Recht."

Lynn machte einen Schritt auf Sophia zu und streckte die Hand aus. Sie machte es kurz und bündig: „Vertragen?"

Es war offensichtlich, dass Sophia ein Stein vom Herzen fiel. Sie atmete laut aus und ergriff Lynns Hand. „Auf jeden Fall! Und weißt du was? Wie wäre es mit einem *Friedenstanz* anstatt einer *Friedenspfeife?* Und zwar indem ich mit meinem wilden Outfit direkt neben dir bei deiner Choreographie mitmache." Sie kicherte los. „Ist das ein Angebot?"

Lena glaubte, nicht richtig zu hören! Sie hätte gedacht, dass sich diese Diskussion durch den ganzen Abend ziehen und ihnen am Ende noch die komplette Party versauen würde. Obwohl sie Sophia schon ihr halbes Leben lang kannte, konnte die sie immer noch überraschen. Lena fand Sophias Vorschlag super, und auch Lynn begann zu grinsen. „Abgemacht!"

Und so tanzten die vier Mädels gemeinsam, wie schon in der Fußgängerzone, den Line Dance nach Lynns Schritten. Dieses Mal mussten sie sich die Musik noch nicht mal vorstellen, denn Lynn hatte ihren iPod an Max, einen Jungen aus Lenas Klasse, der heute den DJ machte, abgegeben. Der wollte zwar erst nichts davon spielen, ließ sich aber wenigstens zu einem Lied überreden. Und als er sah, dass einige der Engländer und auch viele aus seiner Klasse die Tanzfläche stürmten, spielte er sogar noch ein paar Countrysongs mehr.

Das Vierer-Mädelsgespann verbreitete eine derart gute Stimmung, dass man noch Tage nach der Party von ihren Tanzeinlagen sprach.

Aber was noch viel wichtiger war: Riley hatte Lena praktisch die ganze Zeit nicht aus den Augen gelassen. Lena hatte ihn angestrahlt und zwischen den beiden waren nur so die Funken geflogen.

In nur ein paar Wochen würde Lena endlich mit ihrer Klasse nach England aufbrechen, und Lena war sich sicher: Ob mit den Mädels oder auch mit Riley – es würde eine unvergessliche Zeit werden.

Juhuuuuuuuu!!!!!!!!

Ende

Lügen und Luftküsse

„Nee, geht nicht." Lena knibbelte während ihrer Antwort unsicher an einem Fingernagel.
„Und warum nicht?"
Auch Riley und Lynn sahen sie neugierig an.
„Weil Ma mich gebeten hat, dass wir direkt nach der Stadtführung nach Hause kommen. Sie wollte groß kochen, irgendetwas Bremisches, wegen Riley, und sie hat gefragt, ob wir ihr beim Kochen helfen."
Lena wusste nicht, wo sie diese – leider schon wieder gelogene – Antwort so schnell hergezaubert hatte. Sie hatte sich in diesem Moment nicht anders zu helfen gewusst. Bevor sie Sophia alles erzählen konnte, musste sie dringend mit Riley reden und ihn einweihen.
„Das hättest du auch gleich sagen können."
Nee, eben nicht. Aber diesen Gedanken behielt Lena natür-

lich für sich. „Ich wäre ja gern mitgekommen, aber heute geht es eben leider nicht."

Sophia und Lynn sahen enttäuscht und Riley etwas verwundert aus. Zum Glück fuhr gerade Rileys und Lenas Straßenbahn heran. Sophia und Lynn mussten einen Bus nehmen, der laut Anzeige aber erst in zwanzig Minuten abfuhr.

„Also, bis morgen!", rief Lena den anderen beim Einsteigen noch schnell zu.

Riley folgte ihr. Gleich in der Nähe der Tür waren zwei Plätze nebeneinander frei.

Riley sah Lena von der Seite an. „Deine Mutter macht ein großes Dinner heute?"

„Ja, naja, nicht ganz."

Riley schien zu merken, dass Lena völlig neben sich stand, und begann, beruhigend ihre Hand zu streicheln.

„Wir müssen etwas besprechen", setzte Lena schließlich an. „Es ist so: Ich hab Sophia bisher nichts von uns erzählt, weil … naja, weil sie dich auch süß findet und wir schon mal Streit hatten wegen eines Jungen und weil sie manchmal extrem eingeschnappt sein kann und das ganz schön anstrengend ist."

„Klingt kompliziert." Riley küsste Lena zärtlich auf die Wange. Er war einfach zuckersüß.

„Ja. Und deshalb sollten wir versuchen, auf Sophias Gefühle Rücksicht zu nehmen. Ich meine, wir müssen in der Öffentlichkeit vielleicht nicht unbedingt zeigen, dass …"

„Dass wir uns ineinander verliebt haben?", half Riley aus.
„Genau."
Er lehnte sich zurück und sah eine Weile aus dem Fenster. Die Bahn hielt gerade am Hauptbahnhof. „Ich fände es zwar schöner, wenn wir kein Geheimnis aus uns machen müssten, aber ich verstehe dich irgendwie auch. Ich hatte auch mal Stress mit Paul wegen eines Mädchens, das wir beide gut fanden."
In Lenas Bauch meldete sich ein kleines, fieses Stechen. Wie das Mädchen wohl aussah und wie es hieß? Eigentlich war es doch völlig egal. Das war Vergangenheit und Riley hatte super auf ihre Bitte reagiert.
„Nach dem Austausch werde ich auf jeden Fall mit Sophia reden. Dann ist es bestimmt einfacher und ich kann ihr alles erklären."
Jetzt, wo Lena auf Rileys Hilfe bauen konnte, freute sie sich wieder auf die kommenden Tage – auch in der großen Gruppe. Dort mussten sie sich zwar ein bisschen zurückhalten, aber wenn sie allein waren, konnten sie ja so verliebt sein, wie sie wollten. Obwohl, zu Hause konnte Lena ihre Gefühle für Riley auch nicht gerade offen zeigen – nicht dass ihre Eltern sonst noch irgendwelche oberpeinlichen Bemerkungen machten.
Deshalb war es am schönsten, wenn sie Zeit in ihrem oder seinem Zimmer verbrachten. Es stellte sich nämlich heraus, dass er nicht nur gut küssen konnte, sondern dass man mit

ihm auch über alles reden konnte. Lenas Englisch war richtig in Schwung gekommen und wenn Riley Deutsch sprach, klang das so süß, dass Lena jedes Mal dahinschmolz.

Es war für Lena nicht einfach, sich von Riley fernzuhalten, wenn sie alle unterwegs waren, aber irgendwie sorgte es auch immer für ein besonderes Kribbeln, wenn Lena und Riley sich winzige Luftküsse zuwarfen, wenn die Luft rein war. Bald entwickelten sie sogar eine Art Zeichensprache, die nur sie selbst verstanden. Manchmal, wenn Riley obercool mit seinen Freunden rumscherzte, dachte Lena, dass es ihm vielleicht sogar ganz recht war, Abstand zu Lena zu halten. Bestimmt würde er sich sonst von den Jungs Sprüche anhören müssen.

Das Blöde war, dass Lena automatisch auch Abstand zu Sophia hielt, um sich möglichst nicht zu verquatschen, wenn ihre Freundin sie auf Riley ansprach. Lenas etwas unterkühltes Benehmen entging Sophia natürlich nicht, allerdings war sie manchmal selbst ziemlich stur. Offenbar war sie immer noch beleidigt wegen des verpassten Nachmittags in der Stadt. Ohne es zu hinterfragen, spielte Sophia das Spiel also mit.

Was Lena jedoch wirklich nicht bedacht hatte, war der Abend der Abschiedsparty. Natürlich wollte sie den mit Riley verbringen, ohne sich verstecken zu müssen. Schließlich war es ihr vorerst letzter gemeinsamer Abend! Ihr Plan, erst nach der Abreise der Engländer, wenn sich alles ein wenig beruhigt hatte, mit ihrer Freundin zu sprechen, ging also nicht auf.

Da Lena weder mit Riley darüber gesprochen hatte, wie sie sich am Abend verhalten sollten, noch mit Sophia, der sie aber womöglich noch heute alles beichten musste, war die Vorfreude auf die Party nicht sonderlich groß.

Sophia brachte sich beim Schmücken der Partyzone in der Schule ganz besonders ein, so als könne sie das Ende des Austausches beschleunigen, wenn sie wie ein Weltmeister dekorierte. Sie hatte einen ganzen Wäschekorb voller Deko von zu Hause mitgebracht. Sicher war sie erleichtert, dass das Ganze hier nun bald vorbei sein würde. Weder hatte sie sich besonders mit ihrer Gastschwester Lynn verstanden, noch war ein voller Terminkalender etwas für sie, und ihre beste Freundin hatte sie ein paar Tage lang auch kaum gesehen, geschweige denn gesprochen.

Lena legte gerade bunte Servietten auf den Buffet-Tisch, als ihr jemand von hinten auf die Schulter tippte.

„Sag mal, hast du eine Idee, wie wir das DJ-Pult noch ein bisschen aufpeppen könnten?", fragte Sophia und lächelte. Lena kannte ihre Freundin gut genug, um zu verstehen, dass das ein Friedensangebot war. Offenbar konnte Sophia die

Eiszeit zwischen ihnen auch nicht länger aushalten. Plötzlich fühlte Lena sich richtig mies. Sophia war zwar zu stur, um sie direkt zu fragen, was überhaupt los war, aber sie wollte ganz offensichtlich mit ihr Kontakt aufnehmen.

Lena war auf einen Schlag ganz flau im Magen. „Hmm, lass mich mal überlegen." Sie folgte Sophia zum DJ-Pult.

„Ich muss dir auch noch was erzählen", flüsterte Sophia verschwörerisch.

Was kam denn jetzt? Lena stützte sich am DJ-Pult ab, während Sophia noch näher an sie heranrückte.

„Sorry, dass ich die letzten Tage irgendwie gar nicht richtig da war."

Lena glaubte, nicht richtig zu hören.

„Ich mach es kurz. Also … ich hab mich verliebt. Glaub ich jedenfalls."

Oh nein, bitte nicht. Hatte sie sich jetzt richtig in Riley verliebt? Das wäre eine absolute Katastrophe.

„Aha", antwortete Lena, denn irgendetwas musste sie ja sagen.

Sophia scannte den Raum ab, um sicher zu gehen, dass auch niemand zuhörte. Dann atmete sie tief durch. „Also. Vor ein paar Tagen klingelte es plötzlich bei uns an der Tür. Und da stand er."

Wie bitte? Jetzt wusste Lena überhaupt nicht mehr, was sie denken sollte.

„Brian ist ein Freund von Riley, aber auch ein Kumpel von

Lynn. Und er hat ihr erzählt, dass er mich mag. Deshalb hat Lynn zu ihm gesagt, dass er doch einfach mal vorbeikommen sollte."

„Brian?", fragte Lena viel zu laut.

„Psst, das müssen doch nicht alle wissen! Ja, Brian. Das ist der große Blonde mit dem süßen Lächeln." Sophia sah einen Moment verträumt Richtung Tür. „Erst war ich stinksauer auf Lynn, weil sie mir überhaupt nichts davon erzählt hatte, aber dann ... Naja, wir passen irgendwie gut zusammen. Und außerdem: Er ist einfach so bei uns vorbeigekommen, um mir zu sagen, dass er mich toll findet. Ist das nicht der Hammer?"

Ja, ein absoluter Hammer. Wie hatte Lena das verpassen können?

„Das freut mich, echt." Lena war froh, dass sie sich am Pult abstützen konnte.

„Danke." Sophia sah süß aus, so wie ihre Wangen glühten.

„Und, was ist nun eigentlich mit dir und Riley?"

Lena verzog das Gesicht.

„Oh. Falsche Frage?"

„Ja! Äh, ich meine, nein!"

Sophia wartete geduldig, bis Lena sich sortiert hatte. „Ich hab mich auch verliebt. Richtig verliebt in Riley. Wir haben uns sogar schon geküsst."

„Echt?" Sophia war ganz aus dem Häuschen. „Wann denn?"

Autsch. Genau das war der Knackpunkt. Lena sah betreten zu Boden. „Vor ein paar Tagen", flüsterte sie.

„Was?! Und du erzählst mir gar nichts davon?"

„Es tut mir leid." Lena war den Tränen nahe. Irgendwie fiel nun alles von ihr ab. „Ich dachte, du wärst vielleicht sauer."

„Ach, Süße." Sophia umarmte Lena so schwungvoll, dass die fast vom Pult abrutschte. „Dann wurde es aber höchste Zeit, dass wir uns mal upgedatet haben."

„Ja, gerade noch rechtzeitig für die Abschiedsfeier!", sagte Lena und konnte endlich auch wieder lächeln.

Als die Engländer von ihrem Ausflug zurückkehrten, dauerte es nicht lange, bis die Party in vollem Gang war.

Lena feierte so ausgelassen und glücklich, dass sie völlig vergaß, aus welchem Anlass dieser Abend stattfand. Riley und sie lachten und tanzten und ließen sich keine Sekunde aus den Augen. Für Lena hätte die Feier ewig dauern können – umhüllt von Rileys zitronigem Duft und mit dem Gefühl seiner warmen Hand, die ihre fest umschloss.

Immer wieder warfen Sophia und Lena sich lachend Blicke zu und Lena musste ihrer Freundin Recht geben: Brian und sie passten wirklich gut zusammen. Sie gaben auch beim Tanzen eine klasse Figur ab. Sophia wirkte so ausgelassen und glücklich wie lange nicht mehr. Und die Stimmung ihrer besten Freundin färbte auch auf Lena ab. Endlich musste sie ihre Gefühle für Riley nicht mehr verstecken. Von ihr aus hätte die ganze Welt wissen können, dass sie verliebt waren.

Riley gab Lena an diesem Abend fünfundvierzig Küsse. „Schließlich müssen die erst mal vorhalten", flüsterte er ihr zärtlich ins Ohr.

Obwohl Lena wusste, dass das eigentlich gar nicht möglich war, war sie in diesem Moment das glücklichste Mädchen der Welt. Und bis sie nach London flog und Riley wiedersah, waren es ja auch nur noch ein paar Wochen …

Ende

Welcher Ferientyp bist du?

1. Deine Eltern wollen dich in den Ferien auf einen Schüleraustausch schicken. Wie reagierst du?
- 😎 ☐ Ich bin total happy. Andere Länder und ihre Sitten kennenzulernen ist genau dein Ding.
- 😊 ☐ Ich rufe sofort meine beste Freundin an, um mit ihr zu diskutieren, in welchen Ländern es die süßesten Jungs gibt.
- 😠 ☐ Ich bin echt sauer! Ferien sind da, um sich zu erholen – und nicht, um Fremdsprachen zu lernen.

2. Wo würdest du am liebsten deinen Urlaub oder Austausch verbringen?
- 😠 ☐ Irgendwo im Süden und am Meer.
- 😎 ☐ Hauptsache es gibt Berge, vielleicht Kanada?!
- 😊 ☐ Nur ein Land finde ich eigentlich langweilig. Eine Tour durch Europa würde mir besser gefallen.

3. Wie stellst du dir die perfekten Ferien vor?
- 😠 ☐ Ich möchte einfach nur ausspannen und relaxen.
- 😎 ☐ In den Ferien brauche ich Action: Mountainbiking oder eine Klettertour wären cool.
- 😊 ☐ Jeden Tag Party natürlich! Tanzen, flirten, feiern, Spaß haben.

4. Welches Outfit darf in deinem Koffer auf keinen Fall fehlen?
- 😎 ☐ Turnschuhe & T-Shirt
- 😠 ☐ Bikini & Flip-Flops
- 😊 ☐ Sommerkleid

5. Lernst du im Urlaub gern neue Leute kennen?
- 😠 ☐ Nein, ich habe genug Freundinnen zu Hause.
- 😎 ☐ Wenn sich etwas ergibt, bin ich nicht abgeneigt.
- 😊 ☐ Auf jeden Fall, mit anderen macht doch alles gleich viel mehr Spaß.

6. Deine Gastschwester schmeißt eine riesen Party. Wo trifft man dich?
- 😎 ☐ Auf der Tanzfläche, ich möchte Spaß haben!
- 😏 ☐ An der Bar, ich verschaffe mir erstmal einen Überblick.
- 😊 ☐ Immer dort, wo die Jungs sich tummeln. ☺

7. Du entdeckst einen total gut aussehenden Typen bei einem Treffen der Austauschtruppe. Was tust du?
- 😏 ☐ Ich warte erst einmal ab und überlege, was ich tun soll. Wahrscheinlich hat er sowieso eine Freundin.
- 😊 ☐ Ich rücke meine Haare zurecht und gehe in die Offensive. Den schnappe ich mir!
- 😎 ☐ Ich schlendere lässig hinüber und fange ein Gespräch an – mal sehen, was passiert.

8. Wow! Der süße Typ schlägt ein Date abends in der Stadt vor, gehst du darauf ein?
- 😎 ☐ Ich schlage ihm vor, dass wir uns erst einmal am Tag treffen und kennenlernen.
- 😏 ☐ Auf gar keinen Fall! Die Masche zieht der bestimmt mit jedem Mädchen ab!
- 😊 ☐ Na klar, das klingt doch total romantisch.

9. Dein Ferienflirt möchte am Ende des Austauschs deine Handynummer haben. Gibst du sie ihm?
- 😎 ☐ Warum nicht? Vielleicht treffen wir uns mal wieder.
- 😏 ☐ Nein. Wir hatten zwar eine schöne Zeit, aber aus einem Urlaubsflirt wird sowieso nie etwas Ernstes.
- 😊 ☐ Natürlich, ich will meine große Liebe schließlich nicht verlieren.

Ich habe

_____ mal 😏

_____ mal 😊

_____ mal 😎